生‧活‧茶‧藝‧館

范增平●著

茶者南方之嘉木也一尺二尺迺至數十尺其巴山

生活新主張 3

生活茶藝館

作者   范增平
責任編輯   陳嫻若
平面設計   A+design
攝影   盧禕祺、羅世坤

發行人   涂玉雲
出版   麥田出版
              台北市信義路二段213號11樓
              電話：(02)2351-7776 傳真：(02)2351-9179
發行   城邦文化事業股份有限公司
              台北市愛國東路100號1樓
              電話：(02)2396-5698 傳真：(02)2357-0954
              E-Mail: service@cite.com.tw
              網址: www.cite.com.tw
              郵撥帳號：18966004　城邦文化事業股份有限公司

香港發行所   城邦（香港）出版集團
              香港北角英皇道310號雲華大廈4/F，504室
              電話：25086231 傳真：25789337
新馬發行所   城邦（馬新）出版集團
              Cite (M) Snd. Bhd. (458372U) 11, Jalan 30D/146,
              Desa Tasik Sungai Besi, 57000 Kuala Lumpur, Malaysia
              電話：603-90563833 傳真：603-90562833
印刷   凌晨企業有限公司
初版一刷   2001年12月
              ISBN：957-469-773-8

售價:280元   Printed in Taiwan

序

茶的百寶箱燦爛奪目

遲銘

　　范增平先生邀我為《生活茶藝館》作序，以本人的學識、身分，尤其是對「茶」的無知，實在沒有為范先生的新作寫序的資格。如果一定要我出點理由，那便是自97年10月以來，我和范先生結下了推動中華茶藝、使之弘揚的不解之緣。

　　我和范先生結識、聯手得益於《北京晚報》的蘇文洋先生，蘇先生從事經濟研究與報導。經蘇先生點播，我對茶文化才略有領悟，並看到了作為一個職業教育工作者應承擔的責任。承蒙蘇先生引見，我才與范增平先生結識，並為范先生的執著追求而感動，當然范先生也為我能意識到弘揚茶文化之必要，特別是把茶藝作為職業教育的一個專業開發感到如遇知音，不解之緣由此結成。幾年下來，座落在北京西單之謹敬庄王府中的「中華茶藝園」峻工並作為傳播茶文化的基地，兩批赴德國柏林進行中華茶藝表演的同學載譽而歸，新一批同學整裝待發；首屆茶藝專業畢業生走上社會供不應求；范先生的弟子、青年茶藝教師鄭春英、李靖擔任國家勞動和社會保障部「中國茶藝師技術等級考核標準」的制定和

論證；首批經考試合格的茶藝師將獲得國家頒發的技術證書......累累碩果凝聚著范先生的心血和追求。

為弘揚中國茶文化，近年范先生推出了《中華茶藝學》、《喝杯好茶》《生活茶葉學》等多部著作，《生活茶藝館》是彙聚范先生本人對茶的認識和理解，著力深入淺出地為大眾獻上一尊「茶的百寶箱」，他希望「由茶藝的美好和滿足延伸到每一天的生活當中」。范先生的真誠就像清澈香潤的茶，靜靜的擺在我們的眼前。我相信一旦打開「茶的百寶箱」，有著深厚中華文化底蘊的茶藝珍寶定會燦爛奪目。

於北京中華茶藝園2001年4月12日
（本文作者遲銘為北京市外事服務職業高中校長）

十年禪味茶香

1988年，我認識了范增平，他是我最早的台胞朋友。十多年來，我們情同兄弟，相知相惜，雖然海峽阻隔，路途遙遠；但是，增平兄大概每年都要到上海來幾次，每次來到上海，我們都要聚聚，我知道他並不是辦企業經商的，來往兩岸完全是為著理想，為了促進海峽兩岸的學術文化交流，增進兩岸同胞的瞭解和感情，他的經濟狀況並非寬裕，因此，他到上海來，我總是盡可能的想減輕他的花費，邀請他到家裏來吃住，但是，增平兄很客氣，總是怕打擾我們，並未每次都留下來。

這十多年來，中國茶文化的發展，光輝燦爛，茶藝的內容從淺到深，從深到廣；茶藝館從無到有，從有到好，這跟增平兄奔波各地，不斷的講，不斷的演示，不斷的鼓吹有很大的關係，他希望把傳統的優美文化與現代中國人的生活結合起來，讓中國人的生活素質提升，享受具有深度文明的現代化生活。他提出「把茶藝帶入家庭，把麻將趕出家庭」，也倡導普遍設立茶藝館以代替卡拉OK店，又提出「把茶藝帶入大學校園」，在學校教育體系裏設立茶藝專業，加強美育教育，

在大學裏成立茶藝社團等具體措施，並積極推動茶藝師工種的確立和認證考試，持證上崗等的制度，目前這些工作基本上都一一實現了，茶藝事業的發展已進入正常的軌道，並快速前進，這是值得大家高興和慶賀的事。

當然，這些成果不能說是增平兄一個人的功勞，也是政府的睿智和全體人民支持所得來的，但，毋庸置疑的，增平兄是這方面的最早提倡者，也是茶文化發展的積極推動者，他的貢獻是較多的，是功不可沒的。今天增平兄所以受到許多人的尊敬與推崇，就在於他對茶文化的復興與推動，以及促進兩岸同胞的感情和瞭解上，鍥而不捨的執著精神。

我們都是炎黃子孫，不管是那一省份，那一地區的同胞，只要做出有利於民族、國家、甚至人類的事，我們就應該給予支持，應該多予鼓勵。我們不能隨便聽他所說的，要看他所做的，古諺說：「路遙知馬力，事久見人心」，歷史會對事實真相做出最好的評價。但願像增平兄這樣努力奉獻的人能夠得到應有的肯定與讚賞。

我喜愛壺，創作壺，以壺起家，設立了「四海壺具博物館」；我也愛茶，走入茶的世界，生產「百佛茶」，開設了「一壺春」茶藝館。茶藝界的朋友經常說：「茶禪一味」，我供養了許多佛像，籌建佛像博物館，具體實現「茶禪一味」的理想。

增平兄即將出版《茶文化叢書》系列之一的《生活茶藝館》大作，這本書以科學的精神和方法，以更準確的角度論述茶藝，使茶藝邁向學術領域，更有助於讀者得到較高層次的茶藝來享受生活。

今天就以這些感想做為《生活茶藝館》出版的賀詞，並為序。

2001年清明節於上海百佛園
（本文作者張四海為四海陶瓷研究所所長）

茶藝館喚起了往年茶事

范光喚

「茶藝館」是我自美國紐約州立大學退休，回到台灣擔任成功大學政治經濟研究所教授之後，才注意到的新鮮名稱。

談到茶，對我來説是一件傷心事，回想起1954年赴美留學不久，家裏投資製茶廠，由於遭逢國際茶業不景氣的影響而虧損累累，當時，新竹縣關西鎮的茶廠大多都倒閉了，很多人因此欠下龐大債務，甚至有一家茶廠的總經理承受不了打擊而跳水自殺。我家的茶廠到了1957年，總共虧損了五、六十萬元新台幣，父親實在撐不下去了，不得已宣佈結束營業，為了償還這些債務而拖垮了家裏的經濟，連帶影響到我在美國的求學生活。

自此，我即決定再也不喝茶了。於是，將近四十年，茶在我的生活中不復存在，想到茶猶如一場惡夢。

幾年前，從美國回來台灣定居，光棣邀我到台北探望增平，增平為了實現理想，開設了一家「良心茶藝館」，這是前無古人的做法，有點類似的是早年出現在台灣路邊的「奉茶」義舉。我們在交談中約略知道了一些增平的想法，他説「茶

9

業這一行是最需要良心的，過去稱作茶業這一行的人是烏面
賊，意思是說看不見的小偷，可見茶業從業人員在人們的心
裏是不被尊敬的；其實，茶業不但是最古老的行業，同時也
是最具文化內涵和知識性的行業，為甚麼會給人這樣不好的
印象呢？隨著社會的發展，如今，從茶業中發展出了茶藝
業。增平說：茶藝館是綜合性的茶葉，它集合了茶葉買賣，
茶具交易，品茶享受，不僅經營有形的茶葉商品販售，更是
無形的文化交流，在茶藝館中可以調整人們的生活，提升生
活品味。增平把茶藝館定位為文化的休閒中心，具有社會教
化的功能，是富有知識性的高尚休閒場所，這倒讓我耳目一
新。經過一次又一次的與增平交往，每次聽他講解茶藝的歷
史沿革、茶與壺的關係、各類茶品的不同特性、泡茶用水如
何會影響茶湯的品質等等，無形中增加了我對茶新的認識和
看法，喝茶還有那麼多講究的地方，還是一門學問，茶藝館
既然有那麼多的功能，我也就逐漸恢復對茶的好感了！增平
還說：喝茶的男人不會變壞，這更讓我愛上茶藝館了。

　　增平的新書《生活茶藝館》即將出版，我有機會先睹為

快，內容豐富，說理清楚，對茶的種種詮釋比較嚴謹正確，他本著十多年前創辦「良心茶藝館」的精神，在中國時報生活版開闢了紙上茶藝館，再經過增添校正，而今集結成冊出版，對於要享受茶香美好生活的朋友，將是一樁好消息，本書會告訴您正確的飲茶方式是科學飲茶，品飲一杯茶是藝術的享受，煮茶論政，經濟品茶，兩相宜。祝賀《生活茶藝館》的出版，同時推薦給大家，這是一本好書，是為序。

2001年清明時節於成功大學政經所

（本文作者范光煥國立成功大學政治經濟研究所教授）

和平大使 范增平

黃美玲

　　1999年8月21日，在同學聚會中，老范邀請我這位旅加多年的華僑，替他的茶藝新作寫序，我不敢以外行充內行，很想推拒，可是，先於世新取得新聞專業知識，再往東吳與敝班學弟妹共同潛修文學的范增平先生，自有一副大哥威儀和長者風範，再說，我現學現賣，讀了幾本有關中華茶藝的書籍，即仗義為老范推廣台灣茶文化所編織而成的趣致長篇小說＜龍鳳奇緣＞竟奇蹟似地贏得1998年度全球華僑救國聯合總會華文著述小說創作類首獎，也就「騎虎難下」推卸不了了。幸好我這位即興寫作的主婦「坐家」，大智慧雖缺，小聰明仍有，不但建議茶藝大師找些年高德劭、學識淵博的知名人士衝鋒向前寫正序、送送炭；還情商老范網開一路，讓我退居後方作啦啦隊，談談他的為人，添添花。

　　主意敲定，返僑居地，忙完一大堆沒成就感的瑣事後，正待凝聚腦汁，對老范「歌功頌德」俗氣一番，九二一百年大地震，嚇掉我的禿筆，是時，海外華僑愛心湧現，含悲忍淚為賑災而出錢出力，所有中文報章雜誌，一改輕鬆筆調為嚴肅，來配合民眾共體時艱的沉鬱心情，我本有望在歲末出爐的長篇

小説《朦朧的面紗》也不便過問，出版日期更「朦朧」了。

惆悵月餘，待重拾失落前的舊情懷，我陡地發現，人生在世，能安靜坐下來，喝杯好茶，是多麼幸福可貴的一件美事，這下，那位中等身材，蓄絡腮鬍、架金框鏡、提倡和平飲料，講究泡茶藝術及氣氛的老范形影，不知不覺像煙嵐一樣飛晃到眼前……

據我所知，老范出生在新竹鄉下一個窮苦家庭，早年其母曾因醫藥常識不足，冤失幼兒，強烈觸及手足天人永訣的痛苦，令他深刻體會，消滅貧病、提升知識，革新社會的重要，於是他博覽群書，拼命學習，待學業完成，先是獨善其身，謀求生活穩定，然後以記者、教師、業務經理、出版社發行人……的經歷，思考如何兼善天下，1970年開始從事茶的研究，可謂台灣茶藝運動鼻祖，主張把茶藝帶進家庭，讓麻將遠離門外，明知一人力量微薄，很難在有生之年看到中華茶藝走到巔峰，但他滿足於喚醒民眾，步步攀至溫馨生活的過程，是個名副其實的理想主義者，認為最有品質的社會

是個充滿茶香、花香、書香的健康文明社會，強調茶是中國的國飲，可以拉近民族感情，兩岸品茗，一味同心。小小一杯茶，溝通你我他。它是人際關係不可或缺的媒介，也是調劑現代人緊張生活的聖品，喝茶不但能滿足感官上的需要，更享有精神上的清靜安寧。他時常以愚公自居，笑言，喝茶的男人不會變壞，茶是他的生命，壺中日月長，他的推廣事業也沒有盡頭，何況茶的本質就是自我犧牲，將世上最香甜的汁液分給別人，自己獨留苦澀、無私無我。一切努力只望淨化人心，文化社會、美化人生，盼人們珍視與親友把盞品茗、觸膝長談的好時光，他這輩子唯願天下太平，勵己如茶一般：

> 當你寂冷時，溫暖你；當你昏熱時，沁涼你。
> 當你消沈時，提振你；當你得意時，抑制你。
> 當你平穩時，襯托你；當你浮躁時，安定你……
> 這就夠了。

這就夠了？天啊！這可不簡單哪！想他老范自八十年代以來，風塵僕僕，馬不停蹄，多次率團出國訪問，一再解說茶

14

理，表演茶藝，為中華茶文化在海外奠基，留下一道道不可磨滅的足印，他思想有深度，行事有氣魄，原可以是大有為的政治家或企業家，卻捨棄名利，以茶為良師益友，成為尋真味的空僧，豈不教世俗那群水火不容、勾心鬥角的政客汗顏，教市井那堆不擇手段、鑽營錢財的奸商愧煞？

范增平，廣泛增進世界和平。

拍案驚奇！老范人如其名，名如其人，果然是宋代文豪范仲淹的二十九代孫，兩人皆講先天下之憂而憂，後天下之樂而樂，理性重於率性，勸人惜福愛家，免得災難來時後悔……

災難？它怎麼可以發生在台灣？連預警都沒有？

哎！地震，地震，世路多歧，人生無常，天道寧論？！不感慨了，泡杯熱茶，理智撫慰自己去吧！也許繼無國界醫生後，未來的諾貝爾和平獎，有我們老范一份……

於加拿大

茶的傳道士范增平教你——快快樂樂喝杯茶

鄧美玲

　　說起范增平這個人，國內對茶稍有一點文化素養的「茶人」，大概沒有不知道他的。范增平是現任的中華茶文化學會理事長。以「茶的傳道士」自居；為了推廣茶文化，除了在台灣各地演講，還馬不停蹄地奔波到中國大陸、日本、韓國、香港等地。最近，為了教導各級公務員利用週休二日學習茶道，進而美化生活，行政院研考會還特別邀請范增平演講及示範。范增平說：「我現在忙著教別人過有品質的茶藝生活，倒把自己的生活弄得席不暇暖！要改要改！」

　　不過，為了讓「茶」這一門最親切、最生活化的藝術，能真正影響常民百姓的生活，進而提升人們身心性靈的品質，范增平還是甘心樂意這麼辛苦下去的。范增平說，茶文化之所以能成為一門雅俗共賞的生活藝術，實在是因為品茶的全部過程，包括挑選茶葉、茶壺、尋求好水，到泡茶的連續動作與技術，品茶、奉茶的儀態與禮節，乃至久久之後的細細回味，無一不是學問、無一不是美。所以有人說，中國的學問有三難，一是文章、二是風水、三是茶。尤其是茶，看起來無甚學問，不管懂不懂，人人都能喝茶；然而不入堂奧，

不能窺其宮室之美；它對中國的影響更是無所不在。

　　范增平特別強調：所謂「茶禪一味」，意思是說，禪所追求的境界，尋常人不容易達到；但是，透過飲茶，也可以體會坐禪時的無我之境。所以，趙州禪師教人「喫茶去」，因為茶中自有禪味，茶是生活禪、是簡易禪。

　　人生之道無他，吃飯喝茶而已。范增平說，尤其現代人在熙熙攘攘的生活之中，能舒舒服服吃碗飯，快快樂樂喝杯茶的，就算是有福之人了；在人人渴求閒居而不可得的時代，茶，其實就是自得自在的一方淨土。倘若每天能得一分鐘安安靜靜喝一杯茶，所有的躁動不安自然能沉澱下來。因為茶道自有一套嚴謹的規律儀範，透過純熟的訓練，讓規距內化，顯乎外的行為舉止，自然散發安詳端莊的韻律與節奏。所以，茶道不但是生活教育，也是思想與修養的教育。

　　不過，茶文化值得推廣，正確的喝茶方法，更是應該推廣。范增平很感慨的說，台灣現在是有茶而無道，各種促銷手段只知道鼓勵大家喝茶，肯下功夫研究發展、教育民眾的

並不多。事實上，盲目喝茶也會喝出問題來；因為每一種茶的茶性不同，要跟體質、飲食習慣搭配才行。建立科學飲茶的客觀標準，讓茶真正成為有利於身心平和的「國飲」，也是他努力的目標。

從本週起，生活品味版新闢的＜茶藝館＞專欄，我們特別邀請范增平先生主持，希望大家跟我們一起，從喝茶品茶，而品味生活、品味人生。

原載1998年2月22日中國時報
（本文作者為中國時報生活版主編）

楔子
茶藝館結束營業？

范增平

　　《生活茶藝館》這本書的出版，包含了很多的因緣，首先從1998年談起，這年二月中旬的一天下午，接到《中國時報》生活版主編謝秀麗小姐的電話，她希望我為時報撰寫有關茶的專欄，彼此先溝通一下撰寫的方向。二天後，我到時報去拜訪，交談了一個多小時，謝小姐即請鄧美玲小姐來採訪，談了一些茶藝的理念和茶文化的發展情況，隨後又請了攝影記者來拍照，謝小姐說：就這樣決定，下星期開始連載，撰寫的方向以深入淺出，平易近人的文字，讓社會大眾都看得懂為原則。我體驗到了時報的驚人效率和魄力，1998年2月22日＜生活茶藝館＞也就開張了。

　　在＜生活茶藝館＞連載將近10個月當中，接到不少讀者、朋友的鼓勵和關懷，並希望能集結成書。其中，海外的反映也不少，北京市外事職高茶藝專業的學生列為學習的參考資料；日本中國茶協會的藤井小姐希望翻譯為日文在日本發行。這些意見我都銘記在心，念念不忘，更加堅定了我繼續撰寫的信心。

茶藝的範疇有物質層面，也有精神層面；是有快感，也有美感的跨領域學科。是獨立的專業，也是科技整合的交叉科學。因此，在廣泛的範疇內常給人各適其趣的空間，如果只具有一門的專業知識，將會缺乏對其他層面的理解和包容，因而顯現出一定程度的外行，傳播許多錯誤的訊息和知識，這是目前茶藝發展上普遍的現象，在撰稿的過程中，我必須小心謹慎的下筆。這也是我研究茶藝文化所一再提醒自己的座右銘。

　　茶藝不同於過去的茶業；「茶藝館」也不是過去的「茶館」，它不是餐飲業，也不是飲食業。茶藝業是新起的行業，不僅販賣茶葉、茶飲品、茶具、茶食、點心等，更提供場地空間和茶有關的知識和訊息，凡是和茶有關的，無論是有形的具體商品，或是無形的感覺、氣氛等，都是販賣的項目，販賣茶藝的地方叫做「茶藝館」，茶藝館是商店。但茶藝館也具有文化交流的功能，在交易的過程中，經營者和消費者是互動的，是相互促進和砥礪的，相互付出，相互接受，各盡所能，各取所需，是屬於休閒業，也是文化事業，更是教育事業。

《生活茶藝館》希望提供給大家較為廣泛而又專業的知識，並希望在這些廣泛而又專業的知識基礎上實踐體會，領略其中奧祕，感受其中生活，既能得到快感也能得到美感，讓心靈昇華、擴大，這才是茶藝的價值所在。

　在此，特別感謝：北京市外事服務職業高中遲銘校長，遲校長不愧為是傑出的職業教育家，他能理解茶藝在教育體系中所佔的份量，而將茶藝列入學校的專業課程中，壺藝大師許四海先生，他是第一位成立「茶文化發展公司」的藝術企業家，目前正在擴展他的茶文化事業；還有美國紐約大學政治學博士范光煥教授，他是懂得生活藝術而享受生活的學者，目前是台灣成功大學政治經濟研究所的教授；另外，旅居加拿大榮獲華文著述獎文藝創作項小說類首選的名作家黃美玲小姐，她以傳遞正確人生觀為創作原則，文筆細膩，引人入勝。這些老友、摯友能為《生活茶藝館》寫序，在這寂靜的夜裏，客人都已散去，朦朧的孤燈下，更覺慰藉溫馨，願以好茶、佳茗期待大家來共享，讓生活茶藝館永續經營下去。當然必須要感謝時報的謝秀麗小姐和鄧美玲小姐，如果

没有她們的緣起，也就不會有這個紙上茶藝館的出現，謝謝！在這感恩的日子裏，謹以心香祝禱，表達對大家深切、誠摯的謝意，以為本書之楔子。

2001年母親節深夜

《生活茶藝館》內容說明

本書主要闡述飲茶的基本認識，瞭解喝茶的奧祕，享受品茶的美好，並提供參考的資訊。

中華茶藝的美在於過程，而不是結果。人們從品茶的美好過程中得到精神的最大滿足。《生活茶藝館》就像一個茶的百寶箱，有關茶的事物就在其中，閱讀本書猶如打開茶的百寶箱，從中攝取珍貴的寶物，讓茶藝的美好和滿足延伸到每一天的生活當中。

有品味的生活是需要經過規劃和學習的，茶藝是有品味生活的重要內容之一。《生活茶藝館》以科學和實踐得來的理論與知識說明茶的方方面面，將茶藝分為初識茶香篇、清香品茗篇、把壺賞藝篇，細膩的加以解說，每一篇文章可以當成獨立的知識來看，同時也是全書完整的組成部分。

目次

初識茶香篇

生活茶藝館帶來享受的滿足

在您忙裏偷閒的時候，生活茶藝館帶給您全面的滿足

百多年來，倍受冷落的東方文化，在21世紀來臨前夕，抖落塵封，又成為世界人類關注的中心。展望下一個世紀，光輝燦爛的焦點，將是東方。合乎人性的高品質生活，以人為本的思維方向，是文化發展的主軸。茶文化是東方文化具代表性的生活文化。

台灣茶藝館在1977年開始出現，到1980年後，如雨後春筍般興起，帶來了東方文化再現風華的曙光，不到20年的時間，茶藝之風席捲全台灣，更掃過東亞、中國大陸，甚至波及到歐美地區。今天在台灣，談茶說壺已成為人們閒話家常的普通話題。

檢視今天的茶業，包羅萬象，從精緻的茶葉生產，美觀的包裝，以茶為原料製作出來的各種食品和飲料，目不暇給的茶具和茶器發展，更擴及到日用品當中，如茶製清潔劑、化粧品……等等。既改變了人們有形的生活方式，無形的休閒態度也深受影響。

追求自然、寧靜、清爽、和平，具有品味的生活境界，已

經是現代人們普遍的願望，享受「和、敬、清、寂」的茶藝生活，也就是過有品味的生活。然而，有品味的相對就是乏味，當我們享受道高一尺的美好茶藝時，往往也會受禍於魔高一丈的贗品，不正、邪門的歪風。面對如此豐富多彩的茶文化時，如何認識、選擇和應用才不致受到傷害和矇騙，就是今天必須認真重視的課題。

　生活茶藝館是現代茶文化的展覽館，也是小型的文化交流中心，更是反映社會百態的劇場。從這裏可以學習到如何品茶，如何選購茶葉，如何鑑賞茶壺、茶器等具體的茶藝知識；還可以欣賞茶道、插花、字畫、古董、玉器等藝事，擴大了藝術修養的領域；更可以三、五好友談心、辯論，或獨自一人沉思、冥想，促成各種觀念百花齊放的滋長、成型。因此「生活茶藝館」，非但是茶藝的具體百寶箱，更可能是新思想的搖籃，舊傳統的守護神。

　各位朋友！休閒的日子，忙裏偷閒的時候，生活茶藝館會給您得到感官的至高享受和精神的全面滿足。

生活茶藝館教您喝茶不上當

現在是強調知識的時代，
惟有足夠的知識才不會吃虧上當

　　合理的交易，應本著理性、對等、互惠的公平原則進行，是以政府頒布公平交易法為準則，期使社會各行各業的一切交易行為，皆能有序、合理的完成。然而很無奈的，世間有很多事物卻是公平交易法難以規範、適用的。例如：愛情、藝術品、古董、茶葉等等。因為他們的主觀性強於客觀性。所以，如果要免於遺憾、糾紛，只有靠加強自己的知識和智慧了。

　　選購茶葉不想上當，就得具備茶葉的知識：首先，茶不同於其他的農產品，例如說橘子，當它從樹上被採下來了，就是橘子。但茶葉，當鮮葉從茶樹上被採下來後，還要經過繁複的製造工序，才能成為茶葉。所以茶葉的好壞，和它的製造過程，有很大的關係。其次，茶樹，它只是一個籠統的稱呼，事實上茶樹的品種有好幾百種，每一種茶樹的鮮葉都可用來製作紅茶、綠茶、烏龍茶、鐵觀音……等任何種茶，例如正欉鐵觀音樹種，可以做鐵觀音茶；軟枝烏龍樹種，也可以做鐵觀音茶，但那個品種的茶樹做出來的鐵觀音茶好喝？這就和它的適製性有關了。此外，台灣茶葉春夏秋冬都可採

摘，但一般是春、冬茶較貴，夏、秋茶較便宜。最後，高山茶比低海拔的茶貴；手工採的比機器採的茶貴；有機肥栽培的比化學肥料栽培的茶貴。大概說到此，如何辨別茶的貴賤，您應該心裏有數了。

當然，找到信用可靠的、有良心的商家買茶是最幸運的，但如果您真要買到合意的茶，還得靠您自己把條件說明確，例如：您要買鐵觀音茶，就得說：我要買正欉鐵觀音樹種製作的、手工採摘的、以有機方式栽培的、台北木柵地區生產的、今年春天的鐵觀音茶。這些條件說得很明確了，如果買到的茶不對，才可以控告商家違反公平交易法，有詐欺嫌疑。

現在是一個強調知識的時代，唯有足夠的專業知識，才可保障自己不吃虧上當。想要歡歡喜喜喝杯茶的朋友，別忘了看生活茶藝館！

喝茶不能壺裏糊塗

茶不能亂喝，否則損失金錢事小，傷了身體就嚴重了

　　小壺泡茶已經很普遍了，談茶說壺，更是時髦的玩意！全國大報，成篇累牘的報導茶的訊息，台灣的茶藝的確很蓬勃，這是好現象還是壞現象？

　　茶葉價格神祕異常，天黑黑，夜未央，始終沒有客觀的標準，一斤一百元和一斤一萬元的茶，品質到底差在那裏？這是做為一個「壺徒」茶客必須先修及格的學分。

　　茶的品種和類別很多，那一種才是好茶，並沒有絕對的客觀標準，因為茶是嗜好性的物品。所以原則上，茶無所謂好壞，對您來說，合乎口味就好，價格最貴的茶倒未必是最好的茶。

　　因此，買茶時要用到下面四個方法：1、看乾茶。2、聞茶香。3、嚐茶味。4、觀葉底。

　　首先，看看乾茶的顏色對不對。茶依顏色可分為：綠茶、白茶、黃茶、黑茶、青茶、紅茶六大類。一般而言：綠茶乾茶要顏色翠綠；青茶則青褐；紅茶則暗紅。總之，無論那一

種茶，顏色都必須看起來明亮、單純。然後再看乾茶中，有無雜物夾雜？茶梗、茶末多不多？外形是什麼形狀、整齊乾淨否？茶的乾燥度夠不夠？國際標準茶的含水量是5%以下，您用手指搓搓看，茶葉是否酥脆、易碎，即可知道其乾燥度。

第二步驟：聞聞乾茶的香氣。是否單純？有無異味、霉味？香氣的強弱如何？您是否喜歡這香氣？

第三步驟：嚐茶的滋味。先試泡，喝喝看，苦澀度如何？回味如何？有沒有令你難忘的特質？

第四步驟：觀看葉底（即茶渣）。可看出是人工採或機器採；發酵過程好不好；是什麼茶樹品種製作的；是新茶還是舊茶；有無亂七八糟的夾雜物。

經過以上四個方法檢驗後，那些茶不能買呢？1.有異味、霉味的茶不能買。2.乾燥度不夠的茶不能買。3.不合您口味的茶不能買。4.夾雜物太多的茶不能買。5.來源不明的茶不能買。

6.顏色不對的茶不能買。

　　選購茶葉、喝茶，雖然不是大事，但仍然要小心、謹慎。
否則，喝茶愈多，可能危害愈大。所以，不認真學習茶事，
不去真正認識茶文化，只是一窩蜂趕時髦的人，可要小心
了，金錢損失事小，傷害您寶貴的身體事大。身體髮膚受之
父母，豈可毀傷！這是喝茶玩壺者不能不慎的。各位朋友！
不能再「壺」裏糊塗了。

什麼茶不能喝

古代人認為茶是「萬病之藥」，但也不是任何茶都能適合每一
個人，所以喝茶前應先認識自己的體質狀況，
才不致於未蒙其利，先受其害。

我國培育的茶樹大約有350餘類，生產的茶葉大約有1500多
種，如此令人目眩、品目繁多的茶種，其實可依製造方法的
不同，簡單的概括成四大類：1、不發酵茶。2、半發酵茶。
3、全發酵茶。4、後發酵茶。

而製造方法的不同，又使這四大類茶的茶葉呈現出不同的
顏色。因此，又有依顏色將之分為綠茶、白茶、黃茶、青茶、
紅茶、黑茶六大類。另外有將茶窨花的，叫花茶；還有將茶葉
蒸軟後壓成各種形狀的緊壓茶。綠茶是屬於不發酵茶，例如：
龍井、碧螺春、珍眉、珠茶等。白茶，如：白毫銀針、白牡
丹、壽眉等。黃茶，如：君山銀針、霍山黃芽等。青茶，如：
文山茶、松柏長青茶、凍頂茶、鐵觀音茶、高山茶等，都是半
發酵茶。紅茶是全發酵茶，例如：祁門紅茶、宜昌紅茶、雲南
紅茶、台灣紅茶等。黑茶則是屬後發酵茶，例如：普洱茶、
茯磚茶等。

由於各種茶的效用各異其趣，每個人的年齡、體質和身體
狀況也大不相同，所以選用茶葉當然要有不同的取捨。下面

簡要的為各位讀者歸納出幾個喝茶的原則。

兒童：不宜飲太濃的茶，無論喝什麼茶，都以淡為宜。

青年：不宜飲紅茶，紅茶性偏溫，不易疏解衝動。以飲綠茶和包種茶為宜。

老年人：不宜飲綠茶，以紅茶、普洱茶為宜，紅茶能抗衰老，普洱茶較溫和。

少女經期前後：不宜飲綠茶，飲花茶較能理氣調經。

更年期的女人：不宜飲綠茶，飲花茶有助於清肝解毒，調和煩躁不安的情緒。

攝護腺肥大的男人：不宜飲烏龍茶、綠茶，若飲花茶、普洱茶，可減少頻尿之苦。

婦女產後：不宜飲綠茶，宜飲紅茶，加點紅糖更好，有助及早恢復體能。

便秘的人：不可飲綠茶，多飲綠茶會加重便秘。

胃病者：不宜飲濃茶，可飲陳年普洱茶，以淡為宜。

古代雖認為茶是萬病之藥，但也不是任何人，任意飲茶都

能防治疾病、延年益壽的。茶對某些人，某些病症是不合適的，每一類茶的性質和適用的病症也各有差別，飲茶前應先瞭解各種茶的性質，並認識自己的身體狀況，知道什麼茶不宜喝，知己知彼，才不致於未蒙其利，先受其害。

認識水和茶葉的關係

水是茶之母，壺是茶之父；水、茶葉、壺，三位一體，品茶至佳也。

沏茶的水質關係著茶湯品質的好壞，好茶需要有好的水來沖泡，才能充分呈現茶湯的香醇甘美。張大復在《梅花草堂筆談》中說：「茶性必發於水，八分之茶遇十分之水，茶亦十分矣；八分之水試十分之茶，茶只八分耳。」可見泡茶用水比茶葉還重要。

宋代有一則鬥茶的故事：蘇東坡和蔡君謨比賽茶，蔡君謨以惠山泉的水煮精品茶，蘇東坡知道自己的茶不如蔡君謨，苦思用好水來加分，於是選用竹瀝水來烹煎茶，終於鬥敗蔡君謨。

水的功能如此重要，歷來品茶高手都很重視選水，而今，科學技術發達，飲用水可以儀器測定，以四個指標做為飲用水的合格條件，這四個指標是：1.感官指標：色度不得超過15度，不能有其他異色；渾濁度不得超過5度；不能有異臭、異味；不得含有肉眼看得見的物質。2.化學指標：pH值為6.5～8.5；總硬度不高於25度，氧化鈣不超過250毫克／升，鐵不超過0.3毫克／升，錳不超過0.1毫克／升，銅不超過1.0毫克／

升，鋅不超過1.0毫克／升，揮發酚類不超過0.002毫克／升，陰離子合成洗滌劑不超過0.3毫克／升。3.毒理學指標：氟化物不超過1.0毫克／升，適宜濃度0.5～1.0毫克／升，氰化物不超過0.05毫克／升，砷不超過0.04毫克／升，鎘不超過0.01毫克／升。4.細菌指標：細菌總數在1毫升水中不得超過100個，大腸菌群在1升水中不超過3個。合乎這四個條件的飲用水才算是安全。

品茶既然是一種藝術，除了要重視科學標準外，也得有品味的美感，水質不同沖出的茶，其色・香・味也不同，水中含鉛量到達0.2ppm沖出來的茶味苦；含鈉量多的水沖出來的茶味鹹；含鈣量到達2ppm的水沖出來的茶味澀，再高的水沖出來的茶就變苦了；水中鐵離子過高，茶湯就會黑褐色，甚至有一層鏽油，幾乎不能品飲。

水的硬度與茶湯的品質也有密切關係，一升水中含有碳酸鈣一毫克，稱為硬度1度，硬度0～10度為軟水，10度以上稱為硬水，如果水的硬度是由含有碳酸氫鈣或碳酸氫鎂引起，

稱為暫時硬水，暫時硬水通過煮沸，所含的碳酸氫鹽就分解，生成不溶性的碳酸鹽而沉澱，平日我們以鋁壺煮水，壺底上的白色沉澱物就是碳酸鹽，經過這樣煮沸處理的水就變成軟水了。水的硬度也會影響水的pH質，pH值大於5時，茶湯色澤加深；pH值達到7時，茶黃素傾向於自動氧化；如果以軟水來沏茶，茶葉的有效成分溶解度較高，茶味較濃。因此，沏茶用水以軟水或暫時硬水為佳。

由此可知，所謂山水、江水或井水，它的好壞不是絕對的，泡茶用水的選擇要以水的內含物質適不適合泡茶為依歸，古時候的愛茶人就已經注意到這個問題。唐代白居易：「蜀茶寄到但驚新，渭水煎來始覺珍」；宋代楊萬里：「江湖便是老生涯，佳處何妨且泊家，自汲淞江橋下水，垂虹亭上試新茶。」宋代陸遊：「村女賣秋茶，懷茶就井煎」；元代洪希文：「莆中苦茶出土產，鄉味自汲井水煎」；明代李夢陽：「故人何方來，來自錫山谷，暑行四千里，致我泉一斛」。甚至雪水烹茶也別有風味，《紅樓夢》寫櫳翠庵妙玉就用去年掃下的梅花雪水沏茶，因此只要水的內質合宜，什麼水都能泡

出好茶來。

「水是茶之母，壺是茶之父」，茶葉・壺・水，三位一體，
三合齊美，相得益彰，品茶至佳也。

什麼水不宜泡茶

人人都喝茶，但要把茶泡好，卻不是容易的事

　　陸羽《茶經》卷下・五之煮：「其水用山水上，江水中，井水下。」也就是說，泡茶用水以山泉水為最好，江水為次，井水最差。陸羽所處的時代，自然環境未受污染，山水、江水都很潔淨，很適合泡茶；而井水因靠近住家，比較污濊，又是死水，礦物質含量太高，所以泡出來的茶，味道差。現在時移勢易，環境改變了，好水的類別也不同了，但陸羽的說法，其背後的道理，還是值得我們參考。

　　雖然說泡一壺好茶需要具備五個條件：1.茶葉、2.水、3.茶具、4.技藝、5.環境。但水的好壞卻往往可左右茶湯的滋味，可以說，沒有好水，就難泡出好茶，所以，選擇泡茶用水不可不慎。至於那些類的水不宜泡茶，現歸納出九項原則，以供參考。

一、積水不能泡茶。天然的水，如果是不流動的死水，則不能用來泡茶。這種水含氧量稀薄，容易沈澱污物。

二、流動太急、太緩的水也不宜泡茶。太急的水泡茶，茶味太濃；太緩的水泡茶，茶味淡。這是指江水而言。

三、帶有氯味或異味的水不宜泡茶。自來水是用氯或氟處
　　理過的水，這些化學物質沒有揮發掉的水，用來泡茶會
　　影響茶的滋味。

四、水老不宜泡茶。《茶經》上說：煮水一沸如魚目，微
　　有聲、二沸如湧泉連珠、三沸如騰波鼓浪。騰波鼓浪
　　的第三沸水最適合泡茶，如果水滾太久，超過十沸以
　　上，水就老了，水中部分元素及氧氣揮發了，而礦物
　　質的濃度可能愈來愈高，泡出來的茶湯會帶苦味。

五、溫度不對的水不宜泡茶。不同的茶需要不同溫度的水
　　來沖泡，如泡鐵觀音茶、凍頂茶、球型的高山茶等，
　　開水的溫度要在95℃以上。泡芽葉的綠茶類，例如：
　　碧螺春、龍井茶等，開水的溫度則不可太高，約在80
　　℃左右就可以了。

六、蒸餾水不宜泡茶。蒸餾水是純水，沒有礦物質等營養
　　元素在內，用蒸餾水泡出來的茶湯，滋味淡薄，香氣
　　也受影響。

七、加入麥飯石一起煮的水不宜泡茶。麥飯石用來沈澱水的雜質、異味可以，若麥飯石和水一起煮的開水沖泡茶葉，泡出來的茶湯，香氣明顯降低。

八、開飲機的水不宜泡茶。一則，開飲機煮的水往往溫度不夠，未能煮開；二則，水在密封的開飲機內，反覆加熱，異味、雜質無法揮發出來，尤其，倒入的是自來水，氯累積在罐內沒有辦法揮發，容易起變化，可能會危害身體。

九、水壺不對煮的水不宜泡茶。鋁壺、電熱水瓶等煮的開水不宜泡茶。鋁對人的危害已有報告證實，電熱水瓶的情形和開飲機有同樣的問題。

喝茶人人會，但要把茶沖泡好，卻不是容易的事。同樣質量的茶葉，如果用不同的開水沖泡，茶湯的滋味是不一樣的。泡茶用水需要謹慎選擇。

何謂茶醉，怎麼辦？

喝茶也會醉，爲什麼？

所謂茶醉，是指飲茶過濃或過量所引起的心悸、全身發抖、頭暈、四肢無力、胃不舒服、想吐及飢餓現象。尤其是空腹飲濃茶或平時少飲茶的人突然喝了濃茶、或身體比較虛弱的人喝濃茶，都很容易茶醉。

這裏所謂的濃茶，是指泡茶用量超過常量來說。常量泡一杯茶的比例是：3公克的茶葉，沖150cc的開水，浸泡5分鐘。以這比例所泡出來的茶湯是常量。如果，同樣是150cc的開水及5分鐘的時間，茶葉量置放超過3公克，就是過量；如果用3公克的茶葉量，沖泡150cc的開水，浸泡的時間超過5分鐘，如此泡出來的茶湯，也算是過濃的茶湯。

飲茶所以會發生茶醉現象，是因茶中所含的咖啡鹼強而有力的刺激中樞神經，使之興奮所引起。大量服用咖啡鹼，整個中樞神經系統包括脊髓都會興奮，也有直接興奮心肌的作用，引起心跳過速，脈搏不規則，甚至出現痙攣性昏厥而導致死亡的情形。飲茶過量或多飲濃茶，咖啡鹼聚積，有可能引起胃腸道的病理變化，並形成潰瘍，因此，咖啡鹼也是消化性潰瘍發病的機制因素。

茶葉中的生物鹼所含的主要成分是咖啡鹼(Caffeine)，其他還有可可鹼(Theobromine)以及茶鹼(Thephylline)。茶的乾物質含有2～5%的咖啡鹼。在沖泡的茶湯中有80%的咖啡鹼溶解於水中。可可鹼僅微溶於水；茶鹼難溶於水。因此，茶湯中的生物鹼主要是咖啡鹼。

　　通常一杯茶湯(150cc)，約有80mg左右的咖啡鹼，每天喝5～6杯茶等於服下0.4g左右的咖啡鹼，一個人服用咖啡鹼的最高限量是0.65g，若超過此一限量即有危害身體的可能性。如果一個人服下10g以上的咖啡鹼，就可讓人致死。因此，喝濃茶、過量的茶要特別注意。

　　喝茶發生茶醉現象時，可以馬上吃些糖果類的東西，喝溫開水或吃些菜餚等來舒解。如果有高血壓、心臟病症的人，最好立即看醫師，以免誤事。

　　喝茶除了要認識茶之外，也要認識自己的身體，每一個人的體質不同，身體狀況各異，茶中的各種成分對不同的人所產生的作用，也因而不同。茶醉現象未必人人會發生，但在

您對茶的基本常識瞭解還不夠時，對自己的體質認識還不很清楚前，不要一下子就喝濃茶。只能淺嚐細品名茶，才不至於發生茶醉的現象，喝茶才能喝出身心的健康。

喝茶要先瞭解自己的體質

茶裏又沒有酒精，為什麼會茶醉呢？要如何防止茶醉？
發生茶醉了怎麼辦？

一再有讀者問到，喝茶會不會醉呢？我的答覆是肯定的。茶醉的感覺又是怎樣呢？茶醉的感覺，最明顯的是渾身無力，提不起勁來，有時會出虛汗，身體發抖，肚子餓，有點反胃。

茶裏雖然沒有酒精，但是茶裏卻含有足以令人亢奮的茶鹼，並且是因各人的體質和喝茶習慣的不同而有各別的差異，當喝茶喝到超過個人所能承受的數量時，就會出現茶醉的現象。一般發生茶醉的原因，不外三種：1.平日很少喝茶的人，稍微多喝，就可能過量而醉了。2.平日喝的茶是高發酵的熟茶，例如：紅茶、台灣烏龍茶、陳年老茶等，猛然改喝低發酵或不發酵的綠茶或生茶時，因為這些茶所含的茶鹼較高，又喝得過量，就會茶醉了。3.空腹時，茶多喝了也容易茶醉。

根據研究，所以造成茶醉的現象有三個：1.喝茶會降低血壓，若平時即為低血壓者，喝多了茶，血壓更降低，使原本就低的血壓承受不起再下降的血壓而產生四肢無力感。2.喝茶會降低血糖，血糖低會有肚子餓的現象，體質較敏感的人，

就會產生無力的感覺。3.喝茶會使血液中的鉀離子增加,造成鈉鉀離子數的不平衡而發生頭昏目眩、身體無力的現象,由於這三種現象獨立或交錯的出現而引起茶醉。

至於如何防止茶醉?茶醉了如何解除?防止茶醉的最好辦法是避免喝茶過量,任何東西過猶不及;其次,喝茶時不妨吃些茶食,例如:棗子、橄欖、花生、小甜點等。這些東西,有鹹,有甜,既可補充鈉離子,又能增加血糖,這樣就少有茶醉的現象發生了。

萬一茶醉了,可以立即吃些甜食,或多喝些開水,茶醉的現象就會漸漸消退。有人懷疑,是否同一時間內混喝各種茶比較會發生茶醉現象,就像同時喝幾種不同的酒,後勁強而容易酒醉一樣?其實,茶醉的原因有別於酒醉,只要不在一定的時間內喝茶過量,各種不同的茶混合喝或輪流著喝,都不會比單獨喝下大量的一種茶來得容易醉。

目前,國內喝茶的風氣很盛,品茶成為現代生活裏的重要休閒活動,尤其是小壺泡的釅茶,放置茶葉量多,每個人應

該瞭解自己的體質和喝茶的知識，否則，只以為喝茶好，就拼命的喝，不要說會有茶醉現象，可能還會賠上健康呢。

喝茶不能解酒

根據科學的研究結果，茶非但不能解酒；
相反的，還可能加重酒醉的症狀。

自古以來就流傳著茶能解酒的說法。相傳日本榮西禪師曾以一盞茶治癒了鎌倉幕府源實朝大將軍的宿醉，而後許多報章雜誌也以訛傳訛的把茶能解酒當做飲茶的重要功效。

根據科學的研究結果，茶非但不能解酒；相反的，還可能加重酒醉的症狀。眾所周知，酒精對心血管有強烈的刺激性，而濃茶也同樣具有興奮心臟的作用，若將茶和酒加在一起去刺激我們的心臟，對心臟功能不好的人，會產生什麼結果，就可想而知了。

酒後喝濃茶的害處，還不僅於此。喝酒後，酒精在肝臟中經過酶的催化產生不完全氧化，生成乙醛(CH_3COH)，乙醛是有毒的化合物，乙醛再氧化生成乙酸(CH_3COOH)，乙酸再分解成二氧化碳和水，經由血液輸入腎臟，然後排出體外。若酒後用濃茶解醉，茶中的茶鹼會刺激腎臟加速利尿作用（根據實驗：茶的利尿效果與同量的水相比較，茶多了1.55倍），由於排水過速，會將還來不及完全氧化分解的乙醛提早引入腎臟、刺激腎臟，腎臟受到茶和乙醛的雙重刺激，造成排尿

過多，使腎臟負荷過重。經常如此，會損及腎臟；同時由於體內水分減少，形成有害物質的殘留沉積在腎臟內，可能產生結石，對身體造成雙重的損害。

此外，從中醫的觀點來看，酒後喝茶也是不合宜的，李時珍在《本草綱目》中引說：「酒後飲茶，水入腎經，令人腰腳、膀胱冷痛，兼患水腫攣痺諸疾。」酒後飲茶會把酒性驅入腎臟，腎主水，水生溫，於是形成寒滯，容易引起小便頻濁、陽萎、大便燥結等症狀。

所以我們所說的：「飯後一杯茶，清口腔、助消化。」是有前提的。在您沒喝酒、或品飲少許酒的飯後，喝杯淡茶是很愉快的，但若就現今國人大口乾杯的飲酒習慣來說，絕對不宜酒後立刻飲濃茶。

最後，茶在餐飲中扮演的角色和地位，應該認真的研究出一套合乎科學的理論和美學的規矩。譬如：餐前喝什麼茶，如何喝法；餐中喝什麼茶，如何喝法；餐後喝什麼茶，如何喝法；茶和菜餚間有什麼禁忌，都應該找出來。不是盲目的

鼓勵人喝茶；也不能讓茶永遠是餐飲時聊備一格、無足輕重的小龍套；更不能把茶神話成萬靈丹，什麼疾病，什麼症狀，都可以拿茶來對付，那是很危險的。

喝茶爲什麼會胃痛

喝茶會胃痛如何避免呢？合理的喝茶，不喝濃茶，
秉持「君子之交，淡若水」的原則，才是飲茶健康的保證。

每次喝茶就會胃痛，是什麼原因？如何避免？

基本上，喝茶本身是不會引起胃痛，如果一喝茶就胃痛，可能是已經有胃腸道潰瘍的現象了！應該盡速去看醫師，做詳細的健康檢查。如果健康沒有問題，那也許是喝茶的時間和方式不對，例如：空腹的時候太濃、太多的茶，阻礙胃液的分泌，妨礙消化，引起茶醉的現象而發生胃痛。另外一種情形是，一時間喝太多太濃的茶，超過您喝茶所能承擔的份量，也會引起胃痛。這時候應該減少喝茶，不能喝濃茶，先從喝淡茶開始，慢慢適應了以後，再增加茶的份量和濃度，這樣喝茶應該不會發生胃痛的現象。

茶中對胃腸有影響的成分，主要是黃嘌呤類(Xanthine)，黃嘌呤類在一定程度上可刺激胃分泌持久的增加，如果喝茶過量或多喝濃茶，黃嘌呤類中的咖啡鹼會聚積，可能引起胃腸道的病理變化，並形成潰瘍，咖啡鹼是消化性潰瘍發病的機制因素。因此，有消化性潰瘍的病人喝茶，必須以乳汁充分稀釋或沖淡茶湯，才不至於影響病症的惡化。如果是活動性十

二指腸潰瘍的病人，則必須限制喝茶，最好是暫時停止喝茶。

　　茶中的咖啡鹼是刺激中樞神經及胃腸的主要因素。但是，在胃中咖啡鹼與茶紅素的化合物中和，形成絡合物，這時候的咖啡鹼就失去了它原有的活性。當絡合物進入小腸的鹼性環境時，咖啡鹼又會釋放出來，被血液所吸收，再發揮其刺激作用。因此，茶是會影響胃的肌肉組織，促進胃液分泌和胃的運動而加速排出胃裏的食物，也能刺激膽汁和胰液及腸液的增加，這是喝茶所以能有幫助消化的原因。

　　事實上，茶是醇和、適胃而令人愉快的飲料，喝茶能幫助消化，減輕飽食之後的不舒服感覺，並且喝熱茶比喝冷茶的效果更好，已經是喝茶者公認的事實。

　　茶幫助消化的作用很快，因傷風感冒時所引起的痰液，在空腹的情況下，茶能很快的將它排出，減輕身體的不舒服感覺。即使是胃病患者，如果懂得合理的喝茶，不喝濃茶，對胃腸是有好處而沒有害處的。「茶是水之君子」，「君子之交，淡若水」。常飲淡茶，不喝濃茶，才是飲茶健康的保證。

小孩可以喝茶嗎

合理的飲茶，不要喝太濃的茶，對兒童不但無害而且有益

　　小孩可以喝茶嗎？做家長的常常會問這類問題。茶中的化學成分有三、四百種之多，有些成分能起藥理作用，更多成分有利人體健康。但是，小孩飲茶卻需要特別注意，適量才能發揮茶對身體的健康作用。

　　茶葉的乾物質含有機化合物95%，無機化合物5%。有機化合物中含蛋白質17%，氨基酸7%，生物鹼5%，糖類35%，黃酮類20%，脂肪類8%，有機酸3%，維生素1%，色素1%，微量成分0.02%，其他2.98%。無機化合物有磷、鉀、鈣、鐵、銅、鎂、鈉、錳、鋅、鎳、鉻、氟等10多種元素組成無機鹽類。由於茶的品種不同，化學成分也會有些差異。

　　小孩喝茶比較需要注意的是生物鹼的影響。茶中含有的生物鹼是咖啡鹼(Caffeine)、可可鹼(Theobromine)、茶鹼(Thephylline)等，通稱為黃嘌呤類。黃嘌呤類所引起的興奮，兒童比成人敏感，如果飲茶過量或過濃，會造成孩童過度興奮、心跳加快、小便次數增加，及失眠等問題，兒童正處在發育生長的階段，各器官系統的發育還沒有完全成熟，如果

經常讓他處於過度亢奮，睡眠不足的狀態，會消耗他們的體能，而影響生長發育。

另外，小孩飲茶過量，還可能造成維生素B1的缺乏和影響鐵質的吸收。

當然，茶葉中所含的有機化合物和無機化合物，許多是兒童生長發育所必需的。茶中氟含量對兒童尤其有幫助，可以強化骨骼和預防齲齒。合理的飲茶，不要喝太濃的茶，對兒童是有益處而沒有什麼害處的。

小孩每天的飲茶量最多不要超過500CC，而且茶湯要比大人淡些。小孩喝的茶，以普洱茶、花茶和青茶較理想。普洱茶含氟量最高，刺激性較低；花茶富有茶和花的混合香，含氟量僅次於普洱茶；青茶是包含廣泛的茶類，以香氣清爽，湯色金黃或蜜綠的青茶較容易被小孩接受，例如：文山包種茶、高山茶等。小孩喝的茶是比較複雜的，在選購時必須費點心，才能買到理想的佳茗。

兒童飲茶的泡法，以2公克的茶葉，用250CC的開水沖泡，浸泡5分鐘，這樣的比例沖泡出來的茶湯不會太濃，每份茶葉沖泡一次就可以了！一天最多沖泡兩份，這樣的份量，是兒童可接受的合理範圍。如果家長能教小朋友這樣喝茶，不但能喝出健康來，也能從小養成愛喝茶的好習慣。

婦女在某些時候不宜喝茶

綠茶刺激性較強，所以婦女在經期時候，生產做月子期間，
更年期時，最好都別喝。

　　茶葉是由幾百種成分混合而成極其複雜的一種飲料。它的
許多成分對人們的生理有著複雜的影響，有些成分能治病，
有些成分具有保健的功效。但飲茶的效果卻不能僅就它某一
成分的作用獨立的來論述。因為，我們飲用的是開水沖泡出
來的茶湯，它是各種成分的混合物和化合物的總和，當各種
成分在茶湯中被綜合後所產生的作用，與它單獨成分所產生
的作用，就不一定相同了。

　　茶葉主要成分的作用強弱，又受外界條件和內在品質的影
響，例如：土壤、氣候、栽培管理、品種、採製季節和方法
等等的不同而有差別，尤其在製造過程中，茶葉成分有著顯
著的變化，每加工一次就改變一次，因茶葉化學成分的變化
動力是加熱，加熱次數愈多，變化愈大；其他因包裝不好或
長期存放在空氣中，自然氧化也能引起不同程度的化學變
化。因此，喝茶的生理、藥理作用，應視茶的類別而給予不
同的看待。

　　茶因製造過程的不同而有全發酵茶、半發酵茶、不發酵茶
之分，綠茶是不發酵茶，因此，所含的黃酮類化合物不氧化

或少氧化而形成綠茶的特色。也就是說綠茶所含的黃酮類化合物比烏龍茶、紅茶等其他茶還要多得多，綠茶的其他成分也因製造過程的不同與別的茶類有所差異，如茶鹼，綠茶的含量就比別的茶類多些。由於茶葉成分的變化極為複雜，我們只能一般性的，原則性的來討論。總之，綠茶在製造過程中與紅茶、烏龍茶等相比，它的加工、加熱的次數最少；因此，綠茶所保存的成分和茶的鮮葉最接近，它是改變最少的茶葉，也是刺激最強的茶葉。

人喝茶的歷史，至少有一千年以上，經驗告訴我們，茶性苦甘、微寒，具有能提神、興奮神經的藥效，現代科學分析也證實了茶葉含有許多對人體有影響的有機化合物和少量的無機化合物，綜合這些化合物的作用，最明顯的是對中樞神經系統的興奮作用，尤其是綠茶。

因此，婦女在經期的時候、生產做月子期間，以及更年期時，由於身體比較虛寒，情緒比較浮動、不安，需要較多的休息和睡眠時間，少喝刺激性強的綠茶，改喝性質較溫和的

紅茶，或是比較能暖和身體，而喝羅曼蒂克氣氛較濃的花茶，感受優美浪漫情調，帶來心身的愉悅。

飲茶的簡單學問

喝茶也要配合體質和季節，這樣簡單的學問你不可不知

　　茶葉是有益健康的飲料，但飲用不當也會有副作用，下面幾個原則是飲茶者應注意的事項。

一、　茶葉宜常飲而不宜多飲。15公克茶葉，用容量250CC的杯子分三杯沖泡，每杯放5公克茶葉，開水浸泡5分鐘，可沖二次。一天就有6杯好茶可喝了。

二、　茶宜隨泡隨飲，茶葉不要浸泡水中太久，超過三小時就不要喝了。

三、　吃藥時，最好不要配茶來吞服，因為茶的成分很複雜，有些成分或許會和藥物產生作用，改變藥性，影響藥效。

四、　不是常飲茶的人，空腹不要喝茶，以免刺激胃腸。

五、　酒醉時不宜飲茶，所謂茶能解酒的說法，是不正確的。這點我另有專文論述。

六、　吃海鮮和鈣片時不宜飲茶，因茶葉有機酸中的草酸根和鈣累積，容易得腎結石，不可不慎。

　　喝何種茶好呢？依各人體質而異，一般人最好能各種茶都

輪著喝，一年四季變化一下。

春季宜喝包種茶、花茶；包種茶、花茶，茶湯金黃、蜜綠，給人活潑開朗、欣欣向榮的感覺，香氣濃郁，能刺激人的感官，有芳香療法的效用。

夏季宜喝綠茶；綠茶，茶湯清綠，給人清涼之感，同時綠茶的收斂性較強，氨基酸含量較多，有消暑降溫的作用。

秋季宜喝台灣烏龍茶、東方美人茶；台灣烏龍茶、東方美人茶，有豔麗的琥珀色茶湯，如蜜的熟果香，給人一種成熟、嫵媚的感覺，在充滿詩意的秋季，喝它很能配合心情。

冬季宜喝紅茶、鐵觀音茶及一般烏龍茶。紅茶、鐵觀音茶，湯色深褐，給人溫暖的感覺，蛋白質和糖分較多，有生熱暖肚的效果。

不分季節、時令，每天都是喝普洱茶的好時候，但選擇普洱茶要特別注意品質的衛生可靠，千萬不要買到已產生霉變

的劣級品，吃壞了身體，就損失大了。

　　泡茶用水的溫度因茶的種類而異。烏龍茶、紅茶、普洱茶在水開後立即沖泡，這樣才能泡出味濃而全的茶。綠茶和芽葉的茶，要把開水放涼至70℃～80℃時沖泡，若用太熱的水沖泡，會把茶燙「熟」，泡出來的茶湯會苦澀，而二、三泡以後就無味了。

　　沖水泡茶時，可高沖低斟。水從高處沖入壺中，可讓壺中茶葉翻滾，茶味較易泡出來。而壺口靠近杯子斟茶，可保持茶的熱度和香氣。

　　飲茶的學問博大、繁多，令人不知從何下手，只有化繁為簡，不斷的學，不斷的問，活到老學到老。

循序漸進學喝茶

茶是嗜好性的物品，學喝茶要一步步來，先喝半發酵茶，
再喝紅茶，最後方學喝綠茶。

飲食，即喝茶、吃飯，這是人生不可一日或缺的重要活動，因此一個人若是每天能快快樂樂喝杯茶，舒舒服服吃碗飯，所謂幸福人生就在其中了。但是怎樣喝才能快樂，怎樣吃才能舒服呢？其中道理則是無限複雜和深奧的。

初學喝茶的人從什麼茶入門最好呢？這必須要考慮到自己的飲食習慣。怎麼說呢？根據我的觀察，世界茶文化受飲食習慣影響，約可分為三大類：1.是綠茶文化：如日本、韓國、中亞、中東、中國西北沙漠等地區，其飲食習慣偏重肉食，或辣、甜等重口味，因此當地人喜喝綠茶，形成綠茶文化。2.是烏龍茶文化：如福建、廣東、台灣、香港、東南亞等地之華人社會，飲食習慣複雜，人們喜喝烏龍茶，形成烏龍茶文化。3.是紅茶文化：如英國、美國等西方社會，受歷史因素及喝下午茶習慣的影響，人們喜喝紅茶，形成紅茶文化。

台灣以烏龍茶文化為主，這裏所謂的烏龍茶是從俗的說法，是民間對半發酵茶的泛稱，舉凡各種半球形、條形的包種茶、鐵觀音茶、烏龍茶、高山茶等都可籠統包括在內。

半發酵茶用小壺泡最能發揮茶之真和美。而對初學喝茶的人來說，用小壺學泡茶又以半球形的包種茶最適當。因為半球形的包種茶較容易買到，也較容易沖泡，只要根據茶藝的規範來操作，不難泡出一壺好茶。再者，半球形包種茶的香氣清香高揚，滋味濃淡適宜，頗能表現出茶飲的優點和特性，就像酒中的啤酒，即使不會喝酒的人也能喝它一杯一樣，是易於被初學者接受的入門茶。至於烏龍茶就如同紹興酒了，是交際應酬喝的酒；鐵觀音茶就如同高粱酒，是喝酒有段數的癮君子喝的酒，並非人人都能懂得喝它的。

　　茶是嗜好性的物品，學喝茶要一步一步來，先從半球形的包種茶入門，等到喝茶的基本知識具備了，就可以換喝條形包種茶，然後再進一步喝烏龍茶，再喝鐵觀音茶，各種半發酵茶類的茶都喝熟了，可以喝紅茶了；等到茶藝的知識都具備了，最後喝綠茶。

　　半球形的包種茶有：凍頂茶、龍泉茶、蘆峰茶、壽山茶、武嶺茶、梅台茶、六福茶、長安茶、明德茶、松柏長青茶、

青山茶、珠露茶、福鹿茶、天鶴茶、太峰高山茶、及其他高山茶等，都是可以選擇的台灣現有半球形包種茶。

條形包種茶有：文山包種茶、玉蘭茶、素馨茶、海山茶、龍壽茶等。

烏龍茶是指高級烏龍茶暨東方美人茶。

鐵觀音茶有：木柵鐵觀音、石門鐵觀音及大陸安溪鐵觀音。

紅茶有：台灣的日月紅茶，大陸的滇紅、祁紅、宜紅、英紅等，外國的立頓紅茶、大吉嶺紅茶、斯里蘭卡紅茶等。

綠茶有：龍井茶、碧螺春茶、雨花茶、雲霧茶、毛尖茶、瓜片茶、珠茶、翠眉茶等。

飲茶十大信條

　　飲茶要合理、要科學，是人人都應具備的常識，不可漫無節制的飲茶，既浪費又傷身。以下十大信條應把握住，才能飲茶康樂。

　　一、飯前茶，人消瘦。美味享不到。茶會刺激唾液，如果您在即將吃飯前飲茶，將使您食不知味，不僅品香的功能受影響，而且也會妨礙消化，妨礙營養的吸收，喝茶應在飯前半小時停止。

　　二、飯後茶，助消化，小心得結石症。若餐中多食含磷、鈣豐富的海鮮，茶中的草酸根和鈣累積，不易排出體外，容易得結石症。但飯後15分鐘再飲用淡茶則有助消化。

　　三、空腹飲茶，注意茶醉。空腹飲茶會沖淡胃液，減少胃液的分泌。茶湯呈弱酸性PH值在5～6之間，胃液的酸度比茶湯強大，其中有些鹼性物質，因中和而降低。茶性寒，冷脾胃，會引起心悸、心煩、眼花、發抖現象，俗稱茶醉。

　　四、不喝燙茶，恐生病變。太燙的茶水對人的咽喉、食道

和胃的刺激較強，長期飲用太燙的茶，胃壁容易受損，引起器官的病變。飲茶的溫度最好在50℃左右。

五、不喝冷茶，才能神清氣爽。冷茶無香氣，苦澀滋味出現，而且冷茶必定放了一、二小時以上，茶湯已有氧化現象，喝冷茶對身體有滯寒作用，引起咳嗽、聚痰的副作用。

六、不以茶服藥，以免影響藥效。不同類別的茶葉，其化學成分從幾十種到幾百種不等，經沖泡成茶湯，又起化合作用，若以茶服藥，則各種病症的各種藥和茶湯混合，又會引起一些變化，影響原有藥物的功效。

七、不喝沖泡多次的茶。茶葉通常沖泡第一次後，其浸出量已佔可溶物總量的55%。第二次沖泡約30%。第三次為10%。第四次只有1～3%。而茶葉中的維生素C和氨基酸，第一次沖泡時，就有80%被浸出，第二次95%以上都浸出，經過三次沖泡，基本上達到全量浸出。

八、不喝隔夜茶。隔夜茶時間已經放久了，茶裏的蛋白

質、糖類等會成為細菌、霉菌繁殖的溫床，茶湯發餿變質，香氣滋味都差，再喝是不太合理的。

九、不喝浸泡太久的茶。茶葉浸泡太久，咖啡鹼、茶鹼等等多酚類化合物都一一浸泡出來，必定成為濃茶。而且泡太久的茶，香味已揮發，茶湯所含維生素C、氨基酸等減少，營養價值降低，喝了妨礙健康、衛生的原則。

十、不喝太濃的茶。濃茶的咖啡鹼等含量多，刺激性強、易傷胃、傷腎、且過於興奮，容易引起失眠、頭痛等問題，尤其有高血壓、胃病、貧血、心臟病等的人，更是不宜喝濃茶。

喝茶提神，考試順利過關

根據日本靜岡縣藥科大學小林教授的實驗報告指出，喝茶可以增強記憶和判斷力，用來提神醒腦效果很好哦！

開學了，許多學子們又要為應付考試而開夜車；各種號稱能補腦、提神的飲品也紛紛出籠，家長、學生唯恐搭不上進補列車，或多或少總要吃上一些，期望對考試有所助益。

考場猶如戰場，要面對一場綜合能力的較量，在考試期間，總看到許多考生在臨陣磨槍時，手中拿著一瓶飲料，藉以疏解焦躁、口渴和壓力，其實在這最後衝刺的緊要關頭，如果能喝杯茶，應該是比較理性和合理的。

根據日本靜岡縣藥科大學小林教授的實驗報告指出，喝茶可以增強記憶力和判斷力。另外根據一些考場得意同學的經驗談：在準備考試階段，用喝茶來提神醒腦，效果很好。

因此，我建議同學們最好多喝茶少喝其他含糖分的飲料。糖分多的飲料會增加血液的酸度，容易產生疲勞、嗜睡、感覺昏沉等狀況，所用茶來代替其他的飲料，是有益少害的。

至於，學生喝茶有那些原則呢？

一、小學生以喝花茶最好。茶葉窨了香花之後散發出各種香花混合清香，小朋友比較容易接受，而且含醇類、酯類較多，刺激性降低，比較適合小朋友的體質。

二、初中生可以喝綠茶。綠茶味道鮮爽，含氨基酸、維生素C較多，適合少年期學生的生長發育。

三、高中生可以喝包種茶（包括條形、半球形的包種茶，例如：文山茶、凍頂茶、高山茶等）。包種茶具有花香，並略具蜜香的鮮爽甜味，同時含有氨基酸及其他有機酸、兒茶素、茶黃素、咖啡鹼等，比較能調和青年旺盛的精力，穩定浮躁的情緒。

四、大學生宜以喝烏龍茶為主。大學生已經接近成年人，身體的各項發育基本已健全，也應具有品嚐五味的豐富經驗。烏龍茶是花色比較複雜，變化較多的茶類，它具有全發酵茶的香味，又有不發酵茶的特質，是介於紅茶和綠茶之間的茶。烏龍茶除了具有豐富的內質適合成年人之外，它變化多端的風味，對文化水平較高，閱歷較多的大學生，更具吸引

力。因此，大學生喝烏龍茶更能借茶悟道，領略飲茶的真味。

青少年學生根據這些原則來喝茶是比較理性、科學的。其實，無論那一種茶，都有它共通的內質和成分，除有益身體健康外，並有振精神、開思路、舒筋骨、去煩躁的效果。因此，在準備考試的階段，無論您是那一年紀的人，只要能夠以茶代替其他飲料，總是較有益而無害的。

操作電腦時要多喝茶

喝茶不但可以防止輻射源的危害，且可舒活筋骨，消除倦怠和疲勞，是保健強身的方法。

人類邁進21世紀，生活上將全面應用科技產品，尤其是電腦化的設備，不僅辦公室全面電腦化，家庭裏電腦也成為必需的設備，這些設備最大的特色是有一面會發散輻射的螢光幕，上班時要面對它，回到家裏也要面對它，家裏即使沒有電腦的螢光幕，也會有電視螢光幕，不僅如此，我們周遭還有許多其他具有輻射線的設備，可以說我們的生活脫離不了輻射的籠罩。

輻射線對人體會造成傷害，已是不爭的事實，即使劑量甚微，長期下來對身體也會有不良的影響。尤其是近距離長時間打電腦、看電視的人，以及接受過放射線治療的人或從事放射性工作的人，更要特別注意防止受到危害。

輻射線對身體的傷害，主要是在造血機能方面，根據較權威的實驗和臨床報告的證實，茶葉中含有防止輻射線的物質，在抗輻射線損傷方面，具有較好的防治效果，對人體的造血機能也有顯著的保護作用。

因此，現代人喝茶要特別注重喝茶的時間和空間，以下三個時空喝茶是最好的選擇。

一、看電視的時候，泡一杯茶，一邊看電視，一邊喝茶，不但可以減少電視輻射危害，也能保護視力。

二、家庭主婦在準備三餐之前，先泡杯茶，品飲完後再來做飯，可將油煙、微波爐、瓦斯等對身體造成的危害減到最低，同時也可止乾渴，平和煩躁的心情。

三、在辦公室，尤其是坐在螢光幕前操作電腦的時候，泡杯茶，每工作一段時間後，淺啜幾口，不但可防止輻射線的危害，且可舒活筋骨，消除倦怠和疲勞，是保健養身的方法。

茶葉中的單寧及其他多酚類物質能夠和放射性物質如鍶(Sr90)相結合，甚至能促使骨髓中的鍶排除出來。從研究實驗的資料得知，腸道中有12%的單寧，即能使30～40%的Sr90隨糞便排出體外；而脂多糖與單寧能夠對抗鈷(Co60)的輻射傷害。受輻射實驗的小白鼠，若餵食茶素濃縮物，大部分都還能存活。又根據資料：二次世界大戰時，日本廣島受原子彈轟炸後，有飲茶習慣的人存活率明顯較高。不管如何？在這些時空裏喝茶，總是有益無害的。

但是，在這些時空裏喝茶，必須採用適當的茶具。1. 最好以個人杯泡茶。例如用同心杯，這是能把茶葉和茶湯分離的杯子，以免茶葉浸泡太久。2. 要選擇重心較穩，有蓋，能夠固定擺放的杯子，以免在工作忙碌時而不小心倒翻。3. 非萬不得已，不要以紙杯沖泡袋茶來喝，這是很不理想的喝茶方式。喝茶除了喝出健康外，也要提昇生活的品味。選對茶具，改變杯子，可使您享受更精緻的茶藝生活。這樣喝茶不僅是感官的享受，更是精神的全面滿足，因而，帶來愉快的心情，更能增強身體的免疫能力。

搭飛機時最好喝茶

在高空中，高度愈高，太空的輻射作用愈強，搭飛機為免受到輻射線的損傷身體，最好選擇喝茶

我們搭乘飛機旅行，飛機上會供應餐點、飲料，空服員照例會問您要喝些什麼？Coffee or Tea？許多人選咖啡；但較有茶葉知識的人，他會選擇茶。

一般民航機在空中飛行，國際線的班機，飛行高度都在10,000公尺以上，國內航線的飛行高度也在6,000公尺以上。在高空中，很容易接受到來自太空的輻射作用，高度愈高，太空的輻射作用愈強，高度每升高1,500公尺，輻射量就增加一倍。這些射線包括 x 射線、γ 射線等。人體對輻射損傷最敏感的指標，是血液中的白血球數量下降，因而引起了身體系列的功能障礙。

從台灣坐飛機到美國西岸，單程飛行所受到的太空輻射量，大約是10毫雷得(millirad)，這個劑量的輻射線，雖然不至於立刻危害到身體，但是，我們在日常生活中，難免還會接觸到其他微量的放射線，如有些房子用的磚頭、鋼筋，或家電、電腦螢光幕等等，再加上長期在飛機上，累積下來的放射線，如果又沒有防護措施，就有可能危害到身體了。

根據日本、蘇俄、中國等國家的學術研究報告，茶葉對於人體內部放射性物質的排出，防止輻射損傷，有顯著的作用。五〇年代，日本將廣島原子彈爆炸後的倖存者遷移到產茶區居住，並飲用大量優質的綠茶，不僅受原子彈爆炸影響的身體逐漸恢復健康，且體質很好。

　　蘇俄學者，研究從茶葉中提取某種物質注射到一組小白鼠體內，與另一組未注射的小白鼠，同時照射γ射線，經過數天實驗結果，注射茶葉物質的一組仍然存活，未注射的一組，大部分死亡。

　　中國天津茶葉加工廠和天津醫學院附屬醫院等單位，曾用茶葉提取物加工成錠，給經過放射治療的子宮頸癌、乳癌、食道癌的病人服用，每天服用4.3克，分3次口服，三個月後，病人的白血球下降幅度明顯減少。

　　以上臨床資料和事實說明，茶葉在抗射線損傷方面，具有較好的防治效果，某些放射性元素不被吸收而排出體外，對提高人體的抗輻射能力是有益的。

因此，當搭乘飛機，有機會選擇飲料時，最好選擇茶，因為選擇喝什麼飲料直接影響身體的健康。從調查空服員是否經常喝茶來統計對照他是否健康、美麗，這是很值得參考的數據。

　　以客為尊、健康、美麗伴隨飛行，建議各航空公司在飛機上提供種類多一些的茶飲料，至少有紅茶、綠茶、烏龍茶，讓客人輕鬆、愉快的搭乘飛機。

茶水洗手預防腸病毒

孫中山先生是有名的醫師，據說他常以茶水洗手解毒去污，在腸病毒流行的今日，你何妨也試試此法。

「衛生第一條，洗手記得牢，飯前、大小便後，一定要洗手」這是40多年前，每一小學生都耳熟能詳的衛生信條。40多年後的今天，又看到許多的專家、學者、衛生單位呼籲大家要經常洗手，可見勤洗手的重要，一時疏懶，就可能傳染疾病了。

這裏有一件鮮為人知的珍聞，提供給大家。根據曾經擔任國父 孫中山先生司庫之職的同盟會老會員陳虞澤先生傳述：「孫中山先生是廣東省香山縣人，廣東人喜歡上茶樓飲茶，國父也不例外，然每與高朋或革命黨人及屬下赴茶樓宴畢，迭次以賸茶水洗滌雙手。屬下起初以為國父愛惜物力，雅不欲將存茶浪費，而有此舉。曾以此臆測請示國父，國父粲然笑語同志：『茶有消毒作用，其味清香甘甜，其質淨潔涼利，以之洗手，不但能清除不潔、解毒去污，且能清新頭目，有益精神……』」，這是細微小節，很少外傳，是件珍聞。

現在，台灣腸病毒正在流行，衛生單位一再宣導大家要注意洗手，外面回來要先將手洗乾淨，以免將病毒帶回來傳染家人。國父 孫中山先生是有名的醫師，對於預防保健的知識

很瞭解。因此，特將這項珍聞摘錄出來提供大家參考。如果大家能學習國父　孫中山先生經常以茶水洗手，也許對於預防腸病毒的傳染有些作用。

自古以來，茶就是做為藥用。至今，在偏僻的鄉間，缺醫少藥的地方，茶湯經常就是消炎解毒的代用品，用來沖洗發炎的眼睛或用做身上瘡疤的消毒水。夏天以茶水洗澡、洗頭，據說還可減少小孩長痱子、防黴菌。這是前人的寶貴經驗。

如果要做洗滌用的茶水，可以買價格便宜一點的茶葉，看您的需要，依照100公克的茶葉、5000CC的滾水、浸泡30分鐘的比例，用來洗手、洗頭、洗澡，既能清潔身體又享受幽雅的茶香，一舉數得。為了清理茶渣的方便，可先用一塊乾淨的紗布將茶葉包裹封住，再放入滾水中，浸泡後要除茶渣就方便了。

中國人說：開門七件事，柴米油鹽醬醋茶。過去家庭主婦每天早餐後，必然會沖泡好一大壺茶擺著，隨時供應家人或客

人飲用。由於時代的變遷，許多家庭開門已經沒有七件事了！在腸病毒肆虐的今日，我們是否可把每天早上煮一壺茶的這件古事恢復過來？一方面提供家人隨時喝茶的方便，二方面也可學習國父以茶水洗手的好處。您以為如何？

喝茶防治高血壓

肉食者、肥胖者、坐辦公室缺少運動的人，多喝些茶，
可預防因血管硬化導致的高血壓。

高血壓的發生和症狀，一般可分為三個類型。

一、心臟性：心臟肌肉不停地、有節律地收縮和舒張，一
縮一張形成心臟的跳動，是平衡血液循環流動的原動力。心
肌衰弱或受到刺激、興奮過度或其他心臟病，都會影響心臟
的收縮能力或舒張能力，血液流通就不正常。收縮能力降
低，血流量少，血壓就下降；收縮能力增強，血流量多，血
壓就升高。

二、神經性：心跳速率快慢影響血壓的高低。心跳速率加
快，心臟血液輸出量必定增加，對動脈血管壁的壓力作用就
大，血壓也就升高；心跳速率減慢，心臟血液輸出量減少，
對動脈血管壁壓力作用也小，血壓也就降低。而心跳的快慢
是由神經系統管制，交感神經興奮時，心跳增快；迷走神經
興奮時，心跳減慢。另外，動脈管壁平滑肌的收縮能力，對
血壓的升降也有影響，動脈管壁的收縮舒張也是受神經系統
管制。

三、血管硬化：由於動脈硬化造成心臟收縮時擠入動脈的

血液，因動脈無法伸張而無緩衝餘地，因此，收縮壓升高，即高血壓；而在心臟舒張時，又因動脈硬化沒有回縮的壓迫作用，舒張壓就較低，即低血壓。這類型的高血壓是較嚴重及較危險的病症，容易發生心肌梗塞和腦血栓，即中風、腦溢血等問題。

茶中咖啡鹼含量為乾物質總量的3～5％，在沖泡的茶湯中，咖啡鹼可溶解80％，一天喝5～6杯茶，等於服用咖啡鹼0.3g。茶中還有可可鹼、茶鹼及茶鹼衍生物等。這些物質對於血壓高低有影響。

心臟性及神經性類病症的高血壓患者，不宜飲茶，以免因刺激中樞神經興奮或興奮心肌的作用，使心動幅度、心率及心輸出量增高，影響血液流通正常化，因而升高血壓。

茶中的茶鹼衍生物氨茶鹼能擴張血管，使血液不受阻礙而易流通，有利於降低血壓。茶中含有蘆丁（芸香甘），有助於保持和恢復微血管的正常彈性，對於某些類型的高血壓症，有一定的效用。茶中的黃酮類可以降低血液中的膽固醇，防

治血液中的烯醇($C_{26}H_{43}OH \cdot H_2O$)以及中性脂肪的累積，有效地防治動脈硬化。黃酮類化合物在一杯茶中，大約含有0.13g，這類化合物具有直接收縮微血管的作用，已被用作治療因微血管破裂的中風病症。這些茶中的化學成分與防治高血壓症有密切的關係。

因此，血管硬化類病症的高血壓患者，喝茶具有治療的作用，肥胖者、坐辦公室缺乏體力勞動的人、肉食者、曬太陽少的人，需要多喝些茶，可以預防因血管硬化導致高血壓病症的發生；若有此類高血壓現象的人，也可以藉喝茶來維護身體狀況，舒緩病情，這是值得參考的知識。

瞭解喝茶和高血壓的利害關係，這樣才能把握住喝茶與健康的關係和價值。

如何泡壺好茶

泡一壺好茶一定要注意三大要素，
那就是茶葉用量、用水溫度和浸泡時間。

泡得一壺好茶的學問不小。不曉得各位朋友有沒有這樣的經驗，每當走過茶葉店的時候，那股清香真是令人神清氣爽，光聞香氣是不夠的，要能有一杯熱茶品嚐，才真是過癮！

泡茶可以因時、地、人的不同，而有不同的泡茶方法。泡好一壺茶有三大要素，第一是茶葉的用量，第二是泡茶用水的水溫，第三是浸泡的時間。

用量就是放適當分量的茶葉，水溫就是用適當溫度的開水，沖泡茶葉時間就是將茶葉泡到適當的濃度後倒出。

一、茶葉用量：泡茶的時候，先要決定茶壺的大小，人多用大壺，人少用小壺；茶葉的用量，可以依各人喜好的濃度加以變化，小壺的用茶量，以放壺的三分之一到半壺茶葉做標準。

要注意的是，上述所指的半壺茶葉是實質的半壺，如果外形疏鬆的茶葉，像條狀的包種清茶就要達七、八分滿才行，

外形緊結的茶葉，只要三分之一壺就足夠了。

　二、用水溫度：一般人以為泡茶是把水燒開就沖，也有人認為水沒燒到100度茶葉就泡不開。其實，這些觀念是不太正確的，因為用多少溫度的水沖泡茶，依不同的茶葉而有所區別。

　一般來說，綠茶類的沖泡水溫不能太高，大約在攝氏75度左右。輕發酵茶、芽尖類的茶，以及茶心比較細嫩的茶葉，沖泡水溫也不能太高，但要比綠茶高一點，大概在攝氏85度上下。至於半球形的凍頂茶、球形的鐵觀音、發酵高的茶或是焙火較重，外形也比較緊結的茶葉，以及陳年茶等，水溫要達到攝氏95度以上。

　不管溫度多少，水必須燒開，如果綠茶要攝氏75度，水燒開後，讓開水降溫到你需要的溫度，並不是水燒到攝氏75度就可以了。

　如何判斷水的溫度？可先用溫度計量量看，等熟悉之後，

就可憑經驗來斷定。一般燒開的水，在常溫下，放置第一分鐘後就降下20度，只有攝氏80度左右了。不過，還是要看你的所在地的大氣溫度而定。

三、浸泡時間：第一泡45秒鐘即可倒出來。第二泡要加15秒時間。以下類推。也就是，第二泡以後要逐泡增加更長的時間，這樣數泡的茶湯，濃度才能夠相同。

還有一點要特別注意，當茶泡到您喜歡的濃度後，要一次就把茶湯全倒出來，否則一直泡著，原本可以泡3次的茶葉，濃縮在一次茶湯裏，難免太濃了。

當然，泡好一壺茶是在有好的茶葉、好的茶具、好的水和好的環境為前提的條件下來說的。沒有這些前提，那也難為巧婦了！

茶葉變質了怎麼辦？

一個真正喝茶人，是不會把變質的茶葉輕易丟棄的，
這裏提供五種方法教你挽救變質的茶葉。

茶葉買回來，因為保存不當或不小心潮濕了，發生不良變化，變質變味了，該怎麼處理呢？當然，把它丟掉是最方便的處理辦法；但是，茶是具有文化性的產品，並不是單純的商品，一個真正喝茶的人，對茶是有感情的，怎忍心就這麼將之視若敝屣的丟入垃圾筒呢？所以喝茶的人要懂得呵護茶，經過呵護的茶，特別有風味，喝起來格外有感情。

不管茶葉是否因受潮、受陽光照射或空氣的氧化作用而變質、變味，都可以用烘、烤、焙、炒、曬五種方法來挽救它。

一、用烘：若茶葉多，家裏沒有烘焙機，可以委託茶行代為烘焙，把茶葉的水分烘乾到5%以下，在此同時也把變質的異味一起揮發掉，形成另一種新生的滋味。

二、用烤：一般家庭都有烤箱，茶葉量不多時，利用烤箱來處理也很方便，但必須先將烤箱清理乾淨，沒有其他異味才行。烤茶時，將溫度設定在100℃左右，視茶葉變質、變味、受潮的程度來決定時間，但為了保險起見，可以分段來進行，溫度設定後，可先以5分鐘為一段，5分鐘到了，再設

定5分鐘，如果還是沒有處理好，仍可繼續延長，依序進行。此外，用電鍋也行，只用外鍋，若怕溫度過高，加上內鍋，但外鍋內不能加水，烤到開關跳起來，停一下，再把開關按下去，直到茶葉的乾燥度達到標準，異味除去為止。

三、用焙：家裏有微波爐，也可就地取材，用來焙茶葉，但微波爐處理的茶葉沒有乾燥作用，只能殺菌和改變香味而已，且微波爐處理的茶葉，以現焙現喝為好。再不然，也可買一只焙籠，目前市面上有販售小型（1台斤量）的電焙籠，經常喝茶的人，不妨買一只以備需要。

四、用炒：用鍋子來炒也可以，一只整理乾淨的鍋子，以文火先將鍋子溫熱，再將需要處理的茶葉放進去，在爐上以微火炒，要不斷的翻動，如同炒花生的方式，達到您所需要的結果。

五、用曬：利用太陽光來曬，也是一個辦法，這是比較不得已的辦法，時間可能需要較長一些。

用不同的辦法來處理變質、變味的茶葉，其結果將會呈現出不同的風味，帶給飲者不同的驚喜。而用心、用力把變質變味的茶葉救回來，也是喝茶人一種愛心的表現。

茶葉的保存方法

利用熱水瓶保存茶葉是既經濟又方便的方法之一。

　　茶葉是疏鬆多孔的乾燥物質，收藏不當，很容易發生不良變化，變質、變味和陳化，就不能喝了。造成茶葉變質、變味，陳化的主要因素是：1.溫度 2.水分 3.氧氣 4.光線。這些因素經各別或互相作用而影響茶葉的品質。因此，不讓茶葉受到溫度、水分、氧氣、光線的傷害，是保存好茶葉的首要工作。

　　一、溫度：溫度愈高茶葉品質變化愈快，平均每升高10℃，茶葉色澤褐變速度將增加3～5倍。如果把茶葉貯存在0℃以下的地方，較能抑制茶葉的陳化和品質的損失。

　　二、水分：茶葉的水分含量在3%左右時，茶葉成分與水分子呈單層分子關係。因此，可以較有效地把脂質與空氣中的氧分子隔開來，阻止脂質的氧化變質。當茶葉的水分含量超過5%時，水分就會轉變成溶劑作用，引起激烈的化學變化，加速茶葉的變質。

　　三、氧氣：茶中多酚類化合物的氧化，維生素C的氧化，以及茶黃素、茶紅素的氧化聚合，都和氧氣有關，這些氧化作用會產生陳味物質，嚴重破壞茶葉的品質。

四、光線：光線的照射，加速了各種化學反應的進行，對貯存茶葉有極為不利的影響，光能促進植物色素或脂質的氧化，特別是葉綠素易受光的照射而褪色，其中紫外線最為顯著。

因此，若想常有新鮮的好茶喝，首先在買茶葉時要特別留意其包裝的品質。其次，買回來後，要選擇適當的地方存放。因為不完善的包裝，不妥當的存放，都會加速茶葉色香味形的劣化。

茶葉包裝一般分為1.真空包裝 2.無菌包裝 3.充氣包裝 4.除氧包裝 5.普通包裝等五種。這些包裝好的茶葉，如果沒有拆封，只要存放在陰涼乾燥的位置，可保存6～12個月，不致發生不良變化而變質變味。

一般家庭保存已經拆封的茶葉，可用以下幾種方法：1.最好能準備一台專門貯存茶葉的小型冰箱，設定溫度在-5℃以下，將拆封的封口緊閉好，將其放入冰箱內。不然，將茶葉貯存在一般冰箱的冷藏庫也可以，但不能再貯存其他的東西。2.可

用整理乾淨的熱水瓶，將拆封的茶葉倒入瓶內，塞緊塞子存放。3.用乾燥箱貯存茶葉，也是好辦法。4.可用陶罈存放，罈內底部放置雙層棉紙，罈口放置二層棉布而後壓上蓋子。5.可用有雙層蓋子的罐子貯存，以紙罐較好，其他錫罐、馬口鐵罐等都可以，罐內還是須先擺一層棉紙或牛皮紙，再蓋緊蓋子。

茶葉最好少量購買或以小包裝存放，減少打開包裝的次數，避免一再接觸空氣，如此，就既能保質，沖泡時也方便。

從喝茶看出血型和個性

O型人最愛喝茶。台灣喝茶的人口，
保守估計也有一千二百萬人，其中有將近五百萬人是O型的。

血型和個性有關，向來被人們討論和研究；喝茶和個性也有關係，但少人研究。我國是飲茶大國，台灣地區經常喝茶的人口約占全部人口的54%，約有1200萬人喝茶。根據中華茶文化學會所做的《血型與飲茶習慣調查報告》，顯示出一些現象，很值得參考。

這項調查是採用隨機取樣的方式，以問卷調查2000個案，經過統計分析得出以下的結果：

‧飲茶人口中，O型血液的占多數，占41.40%；A型第二，占26.85%；B型第三，占24.65%；AB型最少，占7.10%。

‧飲茶人口之男女比例：A型者女性多於男性。B型、O型、AB型都是男性多於女。

‧喝茶地點：B型的人比較喜歡到茶藝館喝茶；AB型的人喜歡在辦公室或朋友家喝茶；A型的人喜歡在自己家喝茶；至於喜歡到老人茶室去喝老人茶的，則是O型的人。

‧喝茶時間：B型、AB型的人，沒有一定的喝茶時間，想

喝就喝；O型的人喜歡在飯後喝茶；至於喜歡在處理公務時，一面辦公，一面喝茶的，則是A型血液的人。

‧喜歡的茶類：B型的人喜歡喝包種清茶；A型的人較喜歡東方美人茶（即台灣烏龍茶）；O型的人喜歡的是凍頂茶；AB型的人則喜歡鐵觀音茶及花茶。

‧買茶地點：AB型的人喜歡在觀光區買茶，其他血型的人則喜歡在茶行買茶。

‧與其他各血型的人相比，A型的人較喜歡以茶葉為禮品贈送親友。

根據統計單位的資料：台灣地區人民的血型比例，O型占44%；B型占26%；A型占24%；AB型占6%。此項資料提供對照參考。

AB型的人，既喜歡喝濃花香的花茶，又喜歡重果香的鐵觀音茶；喝茶沒有一定的時間，想喝就喝；喜歡在辦公室喝茶，也喜歡在朋友家喝茶。捉摸不定，掌握不到他的方向，

是個性比較特別的一型。

B型的人，喜歡喝清香的包種茶；喜歡到有氣氛的茶藝館享受休閒。個性樂觀、開朗，較好逸惡勞。

A型的人，喜歡喝熟果香的東方美人茶（台灣烏龍茶），喝茶的地點則選擇在自己家；也喜歡以茶葉為禮物送朋友，是屬於追求穩定，一成不變，垂直思考方式的人。

O型的人，喜歡喝有濃郁滋味和香氣的凍頂型茶葉；喜歡在餐後來杯茶，儼然一副老大模樣；又喜歡到老人茶室去喝老人茶，談天說地。是喜歡表現，個性較強的人。

我們從飲茶習慣來看血型；也可以從飲茶習慣來談個性。血型是個人的資料，外人不一定知道，但喝茶習慣是表現於外的行為，所以觀察一個人喜歡喝什麼茶，就多了一項瞭解這個人個性的參考資料。從喝茶來識人，是您過去所沒有想到吧！

男女喝茶的心情不同

根據調查資料顯示，男人心情好的時候喝茶：
女人心情壞的時候喝茶，為什麼呢？

台灣的飲茶風氣已經很普遍了，我們可以從以下一些資料得到佐證：1.台灣每人每年平均消耗茶葉量1.1公斤，已經超過日本的平均數量。2.台灣有700餘萬個家庭，平均每一個家庭擁有一把宜興式的工夫茶壺。3.台灣地區大大小小的茶藝館在兩萬家以上，平均每千人就擁有一家茶藝館。因此，台灣是一個茶文化發達的地區，是勿庸置疑的。

根據《台灣人民飲茶習慣調查》的資料顯示：台灣地區男女性的飲茶習慣有諸多差別，在台灣地區約1200萬的飲茶人口中，男性約占54.32%；女性占45.68%。而這些飲茶人口中，男女性的年齡層普遍都很年輕的。男性飲茶人口中，在35歲以下的占70.28%；女性飲茶人口中，35歲以下的占84.15%。可見，年輕的女性比年輕的男性愛喝茶。至於，男女性在喝茶方面還有那些不同的地方呢？

‧男性比較喜愛喝的茶有：烏龍茶、文山包種茶、鐵觀音茶、綠茶。女性比較愛喝的茶有：凍頂茶、花茶、紅茶、一般的清茶等。

‧男性比較喜歡在飯後、睡前、心情好的時候喝茶。女性比較喜歡的喝茶時間是在看書、起床後、看電視、處理公務和心情不好的時候。

‧高中畢業學歷的女性比男性喜愛喝茶的人多。高中畢業的女性喝茶者佔45.23%；高中畢業的男性喝茶的比例佔29.11%。

‧男性比較喜歡選擇在朋友家喝茶或到老人茶館去喝茶。女性比較喜歡在自己家裏喝茶或到茶藝館喝茶。

‧女性比男性喜歡以茶葉為禮物送朋友。

‧男性比較喜歡在茶行或超級市場買茶葉；女性則比較多在旅遊勝地或茶藝館買茶葉。

男人和女人在飲茶習慣上有這麼多不同的地方，可見確實男女有別。瞭解這點，在飲茶習慣上，兩性自當學習相互體諒和配合。因此我建議，家中常備的茶葉不能只有一種，或

許，不要固定由一人負責採購，各人自買喜歡的茶葉，會是比較皆大歡喜的方式。當然，因為不同的茶葉需要不同的茶具來沖泡，家裏連茶具也應該按照飲茶習慣的不同，多準備幾套。在家中，從喝茶開始，養成兼容並蓄，相互尊重的心態，自能建立和諧的兩性關係，締造幸福美滿的家庭，才能享受真正文明、高品質的茶藝生活。

用好水泡好茶

茶不僅是有味道的水，還是美味的湯，因此，
喝茶不僅需要有好茶葉，還要有好水。

一個健康的人，一天至少要攝取2.5公升的水，而水是淡而無味的，人們每天必須去喝那麼多淡而無味的水，是一件多麼痛苦的事，於是，享受有味道的水成為人類文明進步的一項表徵。這也是人類發明茶飲的重要原因之一。

茶不僅是有味道的水，還是美味的湯、有利於健康的飲料。因此，喝茶不僅需要有好的茶葉，還需要有好的水，怎麼樣的水才叫做好的水呢？可以歸納出幾個條件來。

一、軟水。所謂軟水，是指水中所含的鈣離子和鎂離子不超過規定的數值，即碳酸鈣不高於200/1mg，高於此數值的水即是硬水。喝下硬度過高的水容易形成結石症，而且泡出來的茶較苦澀。因此，硬水必須經過處理變成軟水後，才適宜泡茶。

二、微鹼的水。用微鹼性的水沖泡出來的茶湯會較為醇厚美味。

三、具有充分能量的水。具有能量的水，運轉迅速，可促進身體的新陳代謝、化學反應，被蛋白質、礦物質等捕捉且

迅速交換。用這種水來泡茶可將茶葉中的有效物質迅速轉換出來，不僅茶湯味美，而且喝了有利於健康。

四、最方便的自來水。自來水是經過殺菌處理的水，但是殘留的氯、農藥、界面活性劑等，可能會有害人體健康，而殘留的氯對茶湯的味道，品茶的雅興影響很大。因此，自來水要經過再處理後才宜於用來泡茶。解決自來水的殘留氯有下面三個方法：

1. **煮沸法**。用陶製的壺或生鐵鑄造的壺來煮自來水，並打開壺蓋使氯氣揮發。有部分人使用開飲機或電熱水瓶煮自來水，在密閉的容器內，水中的氯無法揮發出來，開水中氯的濃度愈煮愈高，用來泡茶很不理想，若因而產生三氯甲烷，那就可能危害身體了。

2. **過濾法**。裝置濾水器來阻斷自來水中的殘留物質和氯氣，經過這樣處理的自來水煮沸後所泡的茶是理想的，泡出來的茶湯較能保存茶葉的原味和特質。

3. **静置法**。接自來水於缸中，靜置一天。缸最好是陶製的水缸，無異味；塑膠或木質都不理想。經過靜置一天後的自來水煮沸泡茶，泡出來的茶滋味較清爽甘甜、有活性。

無論是站在品茶雅興或是保健飲料的立場來説，泡茶用水都應該有所講究，選擇適合的水泡茶，既衛生、美味，又有益健康，才能真正享受到快快樂樂喝一杯茶的幸福。

認識茶葉先釐清原料與成品

最不科學的東西茶葉是其中之一，什麼是原料？
什麼是成品，都分不清楚。但是也是人們應用得最多的東西之一。

茶葉在現代已經是許多人不可或缺的日常用品。但是，有多少人能真正認識茶葉？光是茶葉的名稱，就足夠把人弄得暈頭轉向了。只見許多文人、雅士忙不迭聲的歌頌茶；專家、學者成篇累牘的推薦茶；茶商、壺客猛吹法螺的膨風茶。於是喝茶的人眼花撩亂，莫知所從。

其實，要弄清楚茶並不難，只要喝茶的人能把茶的名稱和觀念釐清，就可以撥雲見日了。

茶葉的名稱所以會那麼多，並不是因為茶樹的品種太多，而是茶葉成品名與原料名混淆了的緣故，也就說，這棵茶樹叫做烏龍，未必製造出來的茶葉就叫烏龍；而紅茶、綠茶也不是有所謂的紅茶樹、綠茶樹製造出來的。

茶樹的品種在中國有350多種，而生產出來的茶葉有1500多樣。茶樹是製造茶葉的原料來源，茶樹上長著的葉子叫做生葉，從茶樹上採下來的葉子叫鮮葉也叫茶菁，鮮葉經過製茶工序而成毛茶，也就是半成品，半成品經過加工而成精製茶，也就是成品，這才是我們所謂的「茶葉」。

　　而茶葉的不同是由於製造方法的不同，任何一種茶樹鮮葉，你高興把它製成紅茶，它就是紅茶，高興把它製成綠茶，它就是綠茶。也就是說，原則上，從任何一種茶樹上摘下來的鮮葉，都可經由不同的製造方法，製成任何一樣成品茶葉。當然，那一品種的茶樹最適合製成那一樣的茶葉，是有它的「適製性」。如果我們談茶時，能把原料和成品分開來說，原料的名稱是原料的名稱；成品的名稱是成品的名稱，就比較清楚了。此外再瞭解到，茶葉因產地、季節、製造工藝、形狀、雅名等等的不同，延伸出同種茶葉有多樣異名，就更好了。

　　其實，認識茶葉應該就成品來說，譬如吃飯，我們只要說吃白飯、炒飯、燴飯、稀飯或吃粥就可以了，並不需要說出它是什麼米做的？是哪個產地的稻子？是什麼品種的穀子？所以簡單

明瞭，大家都弄得很清楚。

　　我們喝茶，是買成品的茶沖泡成茶湯來喝。因此，茶葉名稱應該用成品的名稱，不應該把原料的名稱或半成品的名稱當作茶葉的名稱。因為，不同的原料可以製造或加工成同一樣茶葉，同種的原料也可以製造或加工成不同樣的茶葉。只有把茶的原料和成品分開來看待，茶葉才會單純、明朗，不會是讓人頭痛的東西。

品茗清心篇

選購春茶的祕訣

選購春茶三步驟：看乾茶、試泡、觀葉底

　　茶葉有春、夏、秋、冬季節性的區別。到底那一季的茶葉好，要看地區和品種來定。同一種茶，台灣南部冬茶較北部好，北部的春茶較南部好。同樣是春茶，北部向風面山頭的春茶比背風面的好。南部背風面山頭的春茶比向風面的好。

　　買春茶，宜優先考慮北部向風面山頭生長的茶。其次是南部背風面的春茶。要品嚐到滋味、香氣都好的春茶，選擇茶的品種也很重要，青心烏龍種的文山包種茶、凍頂茶、高山茶，價格總比同產地的金萱種高出一截。青心柑仔種的三峽龍井和碧螺春，很能表現出綠茶的特色。其他新品種如金萱、翠玉，四季春等，依產地條件的不同，品質、價格有很大的差異，因此要看各別情況才能決定如何選購。

　　至於購買春茶有沒有祕訣？請注意下面幾個步驟，就是竅門所在。

一、看乾茶：1. 看起來要有生機活力，顏色光亮泛油光，外形緊結，整齊勻稱。

　　　　　　2. 取少量茶葉，用手指搓揉，能輕易搓碎，表示

乾燥度夠，是新鮮茶。

　　3. 取少量放在手上，聞聞香氣、吸入鼻中的若
　　　是一股花果幽香，應該不是去年的老春茶。

二、試泡：1. 開湯後，茶湯具有優雅高貴的花香。
　　　　　2. 看湯色，清澈明亮，從翠綠、蜜綠到金黃。
　　　　　3. 品滋味，入口滑順、飄逸、齒頰留香，回甘強。
　　　　　4. 聞杯底，香氣帶甜宜人，久凝不散。

三、觀葉底：1. 春茶的葉底，葉面較薄細，較有韌性，用手
　　　　　　搓揉較不易破爛。

　　經過以上三個步驟，您就可以買到理想的春茶了。當您買
春茶時，最好請店家為您做成小包裝，約2～4兩一罐，喝完
一罐再開一罐，就能保持新鮮和乾燥。

　　至於春茶的價格，中檔的1公斤從台幣1300元到2300元左
右；高檔的春茶1公斤從台幣2600元到4000元左右，都算合
理。

春茶買回來後，一定要趁早喝，因為春茶主要是喝它的「新」和「鮮」。同一種茶越早上市的，往往越貴，因此，您選購春茶時，先不要買太多，一斤左右就可以了。等您這批喝完了，茶價可能就便宜了。

　　俗話說：「一年之計在於春。」在這明媚溫暖的春光裏，喝杯新鮮的春茶，是振精神、開思路、順利走向新一年的良方。各位朋友！何不暫別塵囂，擁抱滿山春色，捎斤春茶回來？別管茶價高不高，喝了再說！

春茶莫錯過

在春暖花開的時候，何不泡一甌青綠，輕吻蕩漾在杯沿的春天，
讓濃濃的茶香，氤氳出一個美好的開始。

茶樹在春、夏、秋、冬四季一輪迴的生長發育週期內，由
於受到不同季節，不同氣溫、雨量、日照等氣候的影響，形
成茶樹本身的營養狀況四季不同，因此製作出來的各季茶葉
其品質自然也有了相應的變化。在中國長江以南的產茶區，
一年四季都產茶，所謂的春茶、夏茶、秋茶、冬茶的名稱，
是依據季節變化結合茶樹梢的新芽製作出來的茶葉來訂定
的。一般而言，立夏以前產的茶，即五月中旬以前的茶，都
叫春茶。

春茶又可分為：春分（約在三月下旬）以前產的茶叫早春
茶；清明前後，即四月份產的茶叫正春茶；穀雨以後，即五月
份產的茶叫晚春茶。

國際慣例，把當年春季頭幾批採製的茶葉稱為新茶。台灣
一般就把新茶稱作春茶。於是驚蟄一過，商家就早早掛出春
茶上市的號外，滿足消費者搶新、嚐新的心願。

春茶有什麼特質呢？一般春茶，芽葉幼嫩、柔軟、肥壯，
色澤鮮綠而明亮，氨基酸及相應的全氮量高，維生素的含量
多。因此若與其他各季的茶相比，春茶是有其特質的：香氣
濃烈，滋味鮮爽，保健作用也好。所以春茶主要是用來製作

新鮮、不發酵的綠茶類，如：龍井、碧螺春及輕發酵的台灣青茶類，如：文山包種茶、凍頂茶、高山茶、四季春茶等。

我國歷代的文獻中，都有「以春茶為貴」的記載。北宋著名詩人梅堯臣的＜答建州沉屯田寄新茶＞詩云：「春芽碾白膏，夜火焙紫餅，價與黃金齊，包開青篛整。……」春茶的價格，竟然和黃金相等！唐代詩人姚合的＜乞新茶＞詩云：「嫩綠微黃碧澗春，採時聞道斷葷辛，不將錢買將詩乞，借問山翁有幾人。」春天的新茶，用錢買還嫌俗氣，得搜索枯腸寫詩去要。這類對春茶讚美的文字，在各種詩文集中，俯拾即是，可見自古以來，人們就喜愛春茶。

台灣地區由於氣候和茶樹品種的差異，春茶上市的時間較其他地區早。四季春、金萱、翠玉等品種的春茶，在三月時就可品嘗到了，獨產在三峽鎮的台灣龍井茶和碧螺春茶在3月20日左右也可喝到。龍井茶成劍片狀帶白毫，乾茶顏色翠綠，香氣近菜香，開湯後，菁香洋溢，滋味略帶苦甘而具清新鮮味。但與浙江西湖龍井相比，無論是色、香、味、形都不一樣。碧螺春的茶形自然彎曲，如螺絲狀，不帶白毫，香氣幽雅清香，顏色青綠，湯色黃綠，滋味鮮活而有回甘，比

之蘇州洞庭碧螺春茶也大不相同，但畢竟是在台灣的另一種歷史名茶。

　　在春暖花開的時候，何不泡甌青綠，輕吻蕩漾在杯沿的春天，讓濃濃的茶香，氤氳出一個美好的開始。

夏天喝春茶最好

把春茶好好保存三個月後，到了夏天再來喝它，這時，春茶
各項成分都已漸次沉澱，滋味會更爲醇厚。

　　一年四季，二十四個節氣，一季三個月，六個節氣。這是
依循大自然變化而訂出來萬物生長的時間表。

　　每年的2月4日到5月5日是春季。
　　春季的六個節氣是立春、雨水、驚蟄、春分、清明、穀雨。
　　每年的5月6日到8月7日是夏季。
　　夏季的六個節氣是立夏、小滿、芒種、夏至、小暑、大暑。
　　每年的8月8日到11月6日是秋季。
　　秋季的六個節氣是立秋、處暑、白露、秋分、寒露、霜降。
　　每年的11月7日到隔年的2月3日是冬季。
　　冬季的六個節氣是立冬、小雪、大雪、冬至、小寒、大寒。
　　節氣是以農曆來計算的，換算成國曆，每年的節氣日期或
前或後相差一天。

　　茶樹在一年四季不同的自然條件影響下，各季所製造出來
的茶葉品質也有相應的變化。台灣的一般茶樹每年採收5～7
次，冬茶採收後，大約經過120天再採收春茶，春茶的採收期
是在清明節前後，與上次採摘的時間差距將近四個月，這是
因為冬季茶樹生長較慢之故，因此，春茶得到的休養期就較

長。春茶採收後，約經過60天就可採收夏茶，夏季茶樹的生長較快，第一次夏茶採收後，約經過40天就可採收第二次夏茶，再經過約45天就可採收秋茶，夏茶和秋茶得到的休養期較短。

秋茶採收後，約經過55天可採收冬茶。某些地區，秋茶也有採收二次。

春茶歷經了大雪、冬至、小寒、大寒、立春、雨水、驚蟄、春分、清明等八個節氣的寒澈骨，才得有清香的新梢嫩芽可供採摘，用這種軟滑清新的柔嫩芽葉製造的春茶，自然含蘊著一股令品茗者聞之振奮的欣欣向榮的朝氣。不過，因為春茶的內質飽受寒氣和風霜的淬礪，因此，春茶的本質是冷寒銳利的。

人們在春天到來時，也是剛從寒冬中解放出來，此時的人們對於春茶不宜多飲，只適合淺嚐。因此，飲春茶只要能滿足一點搶新、嚐新的欲望就可以了；而且，春茶不宜單飲，若能配合一些甜點，如：鳳梨酥、綠豆糕、山楂餅等，以取

得調和作用更好。

把春茶好好保存三個月後，到了夏天再來喝它，春茶的各項成分都漸次沉澱下來，滋味會更為醇厚，而茶中寒氣慢慢散去，那種猶存的風韻更是耐人尋味。

炎炎夏日，喝一碗澄黃透著碧綠、帶著清馨的春茶，品啜著盈盈滿杯的似水柔情，不僅對身體有保健效果，更是精神的清涼補品，懂得這種春茶夏喝的朋友，才是真正得到飲茶箇中三昧的癮君子。

茶可分為十大類

茶葉種類因製造和加工程序、方法的不同，大約有1500種以上，但我們可以分為十大類來看。

　　茶葉，它是一種被加工製造的成品。以茶樹的茶葉為原料，經過製造、加工而成的物品。

　　由於，製造、加工的程序、方法不同，從而做出不同種類的茶葉。茶樹是製造茶葉的原料來源，從茶樹上摘下來的芽葉叫「鮮葉」，因為它是茶樹上的精華部份，所以我們稱它為「茶菁」，台灣的茶農也稱作「茶菜」。將鮮葉完成製茶工序，就是半成品的茶葉，一般叫做「毛茶」或者稱做「粗製茶」。毛茶經過揀梗、篩分、烘焙等加工程序後，即成為精製茶，這才是提供消費者享受的商品茶。一般我們稱「茶葉」者，應該是指精製完成的商品茶。

　　中國產製的茶葉成品，大約有1500多種，這1500多種茶葉，可分為十大類。即 1.綠茶類 2.白茶類 3.黃茶類 4.青茶類 5.紅茶類 6.黑茶類 7.花茶類 8.緊壓茶類 9.粉茶類 10.其他茶類等。分別說明如下：

　　一、綠茶類。這類茶的顏色是翠綠色，泡出來的茶湯是綠黃色，因此，稱為綠茶。其代表茶葉，有：碧螺春、龍井、

六安瓜片等。

二、白茶類。這類茶有顯著白色茸毫披在針形或片形的茶葉外表，泡來的茶湯是象牙色，因此稱白茶。代表茶葉有：白毫銀針、白牡丹、壽眉等。

三、黃茶類。這類茶的顏色是黃色，其製造工藝近似綠茶，但在製茶過程中加以悶黃，因此具有黃葉黃湯的特點。所以叫黃茶。代表茶葉有：君山銀針、蒙頂黃芽、霍山黃芽等。

四、青茶類。這類茶的顏色呈青褐色或深綠色。泡出來的茶湯是蜜綠色或蜜黃色，是一種用半發酵方法製造出來的茶葉。代表茶葉有：台灣凍頂茶、烏龍茶、武夷茶等。

五、紅茶類。這類茶的顏色顧名思義是紅色，但是乾茶看起來是暗紅色，泡出來的茶湯有朱紅色及深紅色。因此，西方人

圖片中自右上角以順時中方向分別是青茶、黃茶、白茶、黑茶、綠茶、紅茶。

稱BLACK TEA，而不說RED TEA。中國的紅茶種類較多，產
地較廣，有工夫紅茶、小種紅茶和紅碎茶。代表茶有：祁門
紅茶、正山小種、紅碎茶等。

六、黑茶類。黑茶是屬於後發酵茶，是中國特有的茶類，
年產量也不少，僅次於紅茶、綠茶的產量。利用綠毛茶經過
製作工序變黑而成黑茶。主要黑茶有：湖南黑茶、六堡散
茶、普洱茶等。

七、花茶類。這類茶是將成品茶再加一道窨花的工序，使成
為一種既有茶味又有花香的加工茶。花茶又名窨花茶、薰花茶、
香片等。是中國北方很暢銷的茶類。代表茶葉有：茉莉烘青茶、
桂花綠茶、玫瑰紅茶等。

八、緊壓茶類。這類茶以紅茶、綠茶或黑茶的毛茶為原
料，經過加工、蒸壓成型而製成。主要的代表茶有：沱茶、
圓茶、磚茶等。

九、粉茶類。這類茶主要是「抹茶」及一般粉茶和速溶

茶。抹茶是極為細微的粉茶類，目前主要產地是日本，製造抹茶的原料是碾茶，利用石磨磨成了微米(μ)以下，約萬分之一公分左右的粉狀物，可懸浮在熱水中而不沉澱，以茶筅攪拌，呈現鮮綠的茶湯，久置也無沉澱現象。而其他粉茶，是將乾葉以研磨技術加工成茶粉，目前茶粉的最細微顆粒在50μ，無法懸浮在熱水中，久置即產生沉澱。另外，速溶茶是將茶葉浸泡出茶湯，經過高溫蒸發成氣體，再將之急速冷卻成固體的結晶狀顆粒，是現代科技開發出來的新產品。

十、其他茶類。包括，易開罐的液體茶，八寶茶、花果茶、草藥茶、苦茶、冬瓜茶等等。這茶部分是調味茶或加味茶；有的有茶葉，如八寶茶；有的則根本是無茶葉的非茶之茶。

認識台灣十大名茶

台灣茶葉的歷史較短，談不上歷史名茶，
倒是現代名茶不少，特舉十種供您參考。

中國茶學導師陳椽教授說：「名聞全國和蜚聲海外的茶葉，都是名茶。」茶葉研究所所長程啓坤教授認為：「名茶是指有一定知名度的好茶，通常具有獨特的外形、優異的色香味品質。」

名山、名寺出名茶，名種、名樹生名茶，名人、名家創名茶，名水、名泉襯名茶，名師、名技評名茶。許多名茶就是因為這些條件因緣和合而發展出來的。歷史上各朝代的貢茶也都是名茶。但現在是強調市場經濟的時代，雖然號稱「名茶」，如果沒有消費者的公認也是不行的。因此，名茶有它的空間性和時間性。於是有歷史名茶和現代名茶的差異；地方名茶和全國名茶的分別。

台灣茶葉的歷史較短，談不上歷史名茶，倒是現代名茶有不少。根據知名度、消費市場和學者、專家的意見，舉出台灣十大名茶，提供讀者參考：

一、**凍頂茶**：產地在南投縣鹿谷鄉，是台灣茶葉市場知名度很高的茶葉，主要是以青心烏龍（軟枝烏龍）為原料製成的半球形包種茶。

二、文山包種茶：產地主要分布在台北縣坪林鄉、石碇、深坑、新店等，過去稱為文山堡地區的條形包種茶，主要是以青心烏龍為原料製成，是條形包種茶的代表。

三、東方美人茶：產地主要在新竹縣峨眉鄉、北埔鄉，苗栗縣的頭屋鄉、獅潭鄉、頭份鎮等一帶，原稱膨風茶，又有稱為白毫烏龍茶。大部份以青心大冇為原料製成的高級烏龍茶。

四、松柏長青茶：產地在南投縣名間鄉，原名埔中茶，1973年當時的行政院長蔣經國先生命名為松柏長青茶，是以青心烏龍、武夷、四季春、金萱、翠玉等品種為料製成的半球形包種茶。

五、木柵鐵觀音：產地在台北市文山區的木柵指南山一帶，是以鐵觀音品種為原料製成的球形烏龍茶，又稱作「正欉鐵觀音茶」，1976年當時的台北市長張豐緒先生曾命名為「一滴露」。

六、三峽龍井：產地在台北縣三峽鎮。是以青心柑仔種為原料製成的劍片形綠茶。為台灣島內綠茶的代表。

七、阿里山珠露茶：產地在嘉義縣竹崎鄉和阿里山鄉交界之石棹山。是以青心烏龍(種仔)為原料製成的球形或半球形包種茶。1987年8月28日總統府資政謝東閔先生命名。

八、高山茶：中央山脈、玉山山脈、阿里山山脈、雪山山脈、海岸山山脈，台灣五大山脈海拔在1000公尺以上所生產的茶葉，主要以青心烏龍為原料製成的球形或半球形包種茶。

九、龍泉茶：產地在桃園縣龍潭鄉，1983年4月9日，當時的台灣省主席李登輝先生命名。大部份以青心大冇為原料製成的半球形包種茶。

十、日月潭紅茶：產地在南投縣魚池、埔里茶區，日月潭附近，1977年南投縣長劉裕猷命名。以阿薩姆大葉種為原料製成的台灣紅茶。

認識台灣包種茶

台灣特色茶是包種茶，您知道嗎？
沒有窨花就有花香，是源自茶葉的本質

包種茶屬於青茶類。就茶葉的製造方法來說，它屬於部分發酵茶，部分發酵茶過去大都說是半發酵茶。而台灣的青茶類，在製造的過程中，又因萎凋、發酵程度、揉捻方式等的不同，可分為四大類：1.條形包種茶。2.半球形包種茶。3.鐵觀音茶。4.烏龍茶。

目前，台灣所生產的茶葉中，以青茶類為最大宗，約占台灣茶葉總生產量的80%。而包種茶的產量又占青茶類的80%左右。台灣茶葉的年總產量約2萬2千噸，青茶類即佔17,600噸。而包種茶的年總產量約為14,080噸。因此，包種茶是台灣的主要茶葉，台灣可以說是包種茶的王國。

但是，由於歷史的原因以及現實的結果，今天提到台灣的茶葉，往往只說烏龍茶，而少說包種茶。所謂歷史原因，就是台灣茶葉早年一直以烏龍茶享譽國際，後來，包種茶興起，但舊有名稱仍然習慣沿用，且台灣茶葉過去一直是以產業為主，所製造出來的茶葉主要用來提供國際知名茶葉做為拼配的原料茶。因此，大多以茶葉的樹種名稱來稱呼。另外，茶葉商為了現實的利益，生產與銷售上都沒有標準化的

室內凋萎與日光凋萎

規定商品名稱、茶葉原料的名稱混合應用，而茶樹品種又以烏龍種為多。所以，製造成包種茶了，還是稱烏龍茶，這也可以看出台灣茶業仍以農業為主體，如果重視商業和消費者，那麼茶葉的商品規格化是應該建立起來的，烏龍茶就稱烏龍茶，包種茶就稱包種茶。

包種茶是青茶類中輕萎凋輕發酵的茶葉。由於製造工序的差異，區別為1.條形包種茶。2.半球形包種茶。

條形包種茶，主要是文山包種茶、南港包種茶、蘭陽包種茶等。其製造工序是：茶菁原料→日光萎凋→室內萎凋（靜置、攪拌、發酵）→炒菁→揉捻→解塊→乾燥→粗製茶（毛茶）→揀枝（篩分）→烘焙→成品（精製茶），發酵程度為8～15%，是採用單炒菁、單揉捻的成形法，乾茶外形呈條索

狀，自然彎曲。湯色，黃中帶綠，即所謂的蜜綠色。香氣是幽雅的花香。滋味清醇回甘。一般消費者稱為清茶。

半球形包種茶，主要有：凍頂茶、高山茶（包括，梅山茶、阿里山茶、珠露茶、玉山茶、杉林溪茶等其他新興茶區的茶葉）。其製造工序為：茶菁原料→日光萎凋→室內萎凋（靜置、攪拌、發酵）→炒菁→揉捻→乾燥（含水量30%左右）→攤涼回潤（約4小時）→布球團揉（將半成品茶葉投入炒菁機內，炒熱回軟，然後裝入布袋內，每個布袋約2.5公斤）→解塊→覆火→再揉（布球團揉、解塊、覆火、再揉，這樣相同工序約在10次以上）→乾燥→粗製茶（毛茶）→揀枝→烘焙→精製成品。發酵程度為20～35%，是採用覆炒團揉方式成形。乾茶外形呈緊結半球形或顆粒狀。湯色金黃帶綠或黃綠色；香氣是濃郁花香或茶葉本質的幽雅花香；滋味是醇厚甘潤。

今天台灣生產的包種茶最大的特色是具有花香，一種沒有窨花就有的花香，一種源自茶葉本質的花香。

包種茶不是色種茶

所謂色種是福建裝造烏龍茶時，將各品種的茶菁拼堆做原料製造的烏龍茶；包種茶是把具有花香的茶葉以四方包裝販售。

　　包種茶是台灣的主要茶類，它的特有香氣和風味，支撐台灣茶業至今仍能屹立不墜。

　　包種茶的由來，根據日本井上房邦氏的調查，大約150年前，福建泉州府安溪縣人王義程仿照武夷岩茶的製造方法製造安溪茶，加窨香花後，將這種具有花香的安溪茶，以4兩(200公克)為單位並用方形福建毛邊紙二張內外相襯，包成一個四方包，在方包上蓋上行號印章及茶名的嘜頭(MARK)，於是稱這種方式包裝的茶為包種茶。

　　自1950年代以後，不斷進步的製茶技術，改變了包種茶的製造方法，已不需要窨香花就有清馨的花香；包種茶也就成為台灣的主要特色茶了。又由於科技的應用，自1980年代以後，在茶葉包裝上，即完全摒棄了傳統隨售隨包的方式，很難再看到用二張紙包成四方包的茶葉了，而改採罐裝或真空包裝的方式出售。

　　福建安溪的茶樹品種多達50餘種，主要有：鐵觀音、本山、黃棪、毛蟹、大葉烏龍、梅占、奇蘭等，都是製造烏龍

茶的上好原料，因各品種的色、香、味各有特色，1951年時，為了便於將茶葉分類列等，將安溪烏龍茶分為鐵觀音、色種、烏龍三個品類。什麼叫色種茶呢？色種是福建製造烏龍茶時，將鐵觀音、大葉烏龍、黃棪以外的品種茶菁併堆為製茶原料，以烏龍茶的製造方式製造出來的烏龍茶，有「各色品種」之意。色種是安溪烏龍茶中的品類之一。

凡是以鐵觀音茶樹品種摘下來的鮮葉製造出來的烏龍茶葉，稱為「鐵觀音」；以大葉烏龍茶樹品種摘下來的鮮葉製造出來的烏龍茶葉，稱為「烏龍」；其他各種茶樹鮮葉併堆製造，或單一製造出來的烏龍茶葉，就通稱為「色種」。

1980年以後，黃棪種鮮葉單獨製造出來的茶葉，香氣高，滋味特別，普遍受市場的歡迎。又由於黃棪品種製造出來的茶葉，湯色似黃金色，香氣如桂花香，於是，將此類茶的商品稱為「黃金桂」，並單獨分類列等。安溪烏龍茶的品類就成了：鐵觀音、黃金桂、色種、烏龍四大類了。

目前，福建安溪烏龍茶四大品類的茶樹品種比例是：鐵觀

音種約佔13%；黃棪種約佔3%；大葉烏龍種約14%；色種（包括：本山、毛蟹、奇蘭、梅占等）則佔70%。安溪茶除了鐵觀音、大葉烏龍、黃棪三大名種外，大部分是色種。

　　但是，不知道什麼緣故，發源於福建的包種茶，在福建已經銷聲匿跡了！取而代之的是色種茶。包種、色種，在文字上乍看起來很相似，因此，有人認為可能是筆誤，福建方面把原來的包種茶誤寫成色種茶了；或者說，是台灣把福建的色種寫成包種了。是耶！非耶，在許多人心中留下一團迷霧。

　　福建和台灣本來是「茶香同源，文化同根」，喝茶習慣與泡茶方式相似，台灣的人、物絕大多數來自福建。但不知道何故，傳自福建的包種茶，在自己的故鄉卻已經不存在，而出現形貌相似品味不同的色種和包種。福建有色種，台灣有包種，名字雖相似，而實質卻不一樣，茶的學問也的確複雜而不容易搞清楚。

烏龍茶渥紅較重，包種茶渥紅較輕

如何分別烏龍茶和包種茶

　　烏龍茶和包種茶，從文字上看來很清楚；就實物來說就有許多人搞不清楚！問題出在那裏呢？這是把茶葉的商品名稱和製造茶葉的原料品種名稱混用所造成。

　　其實，包種茶是包種茶；烏龍茶是烏龍茶。烏龍茶是台灣茶業的元老，在公元1881年以前，台灣只有烏龍茶，那個時候，還沒有包種茶。

　　所謂的烏龍茶，我們可以從幾特點來說：1.顏色較深。因為發酵較重，所謂「發酵」其實是「渥紅」，達到75%左右，即3/4發酵，因此，乾茶呈深褐色。2. 香氣屬醇厚的果香。3. 滋味有如蜂蜜的軟甜、甘潤，回甘較強烈。4. 湯色是琥珀色或褐色。5. 葉底即所謂的茶渣，是橙紅到暗紅色。6. 乾茶外形大都是自然彎曲或半球形。高級烏龍茶也稱為「東方美人茶」或「膨風茶」。高級烏龍茶（東方美人茶）的等級分三級，最高級的為「嫩橙黃白毫」；次級的為「橙黃白毫」；第三級的是「白毫」。沒有白毫的烏龍茶，另外分等級。沒有白毫的烏龍茶，目前台灣生產較少，台灣一般所稱的烏龍茶，其實大都是包種茶。

上 ：東方美人茶
左下：半球形包種茶
右下：條行包種茶

　　台灣包種茶的歷史，可以回溯到公元1881年，福建同安縣茶商吳福源先生到台北來開設「源隆號」茶莊，倣照福州加窨香花的方法製做「花香茶」，這種花香茶即包種茶，於公元1881年，首次外銷東南亞，頗受消費者喜愛。這是台灣包種茶的濫觴。

　　包種茶的特點： 1.顏色。深綠或青褐色，俗稱青蛙皮的顏色。渥紅較輕，從15%～40%左右。 2.香氣是花香，濃烈而活潑。 3.滋味較甘滑爽口，喉韻清潤。4. 湯色有蜜綠、金黃、蜜黃等色。 5.葉底，保持暗綠色，葉沿略有發酵的紅色。 6.乾茶外形，分別有條形、自然彎曲、半球形、球形等，依產地而別。早期的包種茶是將烏龍茶窨香花，所以又叫花香茶，也就是具有花香的烏龍茶。自1950年代以後，台灣的包種茶，由於製造技術的改進，已不需再窨香花就有花香了。

　　無論是烏龍茶或是包種茶，都是介於全發酵的紅茶和不發酵的綠茶之間，屬於半發酵的青茶類。因為茶葉的顏色偏重

於青葉青湯，所以稱為青茶。以前，台灣從事茶葉貿易的茶館，對於烏龍茶和包種茶區分得很清楚，專做烏龍茶買賣的茶館叫「番莊」；從事包種茶買賣的叫「舖家」。烏龍茶、包種茶都買賣的茶館，叫做「烏龍包種茶館」。因此，至今仍有人稱烏龍茶為「番莊茶」。

飲茶思源，瞭解一點台灣茶業發展的歷史，也是喝茶的樂趣之一。.

烏龍 膨風 東方美人茶

美的東西似乎多少有些膨風，茶葉也不例外。

　　說到東方美人，人們立刻聯想到含蓄婉約的氣質、嬌弱輕盈的體態。而台灣烏龍茶因茶樹「著誕」，被一種浮塵子危害而發育不全，採下這種幼弱的鮮葉製造出來的茶葉，叫「東方美人茶」。

　　東方美人茶的主要產區在新竹縣和苗栗縣交界的峨眉鄉、北埔鄉附近，此地的茶在夏季悶熱又通風不良，一種叫浮塵子，學名 "Empoaca fomosana (Paoli)"、英文 "Smaller green leaf-hopper" 的「小綠葉蟬」孳生在茶樹上，成蟲產卵於茶樹的幼梢組織內，幼蟲、成蟲都用口器吸取幼芽嫩葉的養分，阻礙了芽葉發育，芽葉因而捲曲扭凹，受害部位呈現黃褐色，狀如火燙，一般茶農就說「著誕」了，一年可發生14代之多。小綠葉蟬在昆蟲分類中屬於同翅目浮塵子科，蟲的體形細小，台灣農民也稱它為「跳仔」，每年4月到8月是活動期，6、7月最為猖獗，為害嚴重時，茶園幾乎無鮮葉可採。

　　然而，經過小綠葉蟬叮過的芽葉所做的茶，有一種特殊的香味，頗受西方愛茶人的喜好。早期烏龍茶外銷暢旺時，這種茶是烏龍茶中的最高級品。因此，被稱為「東方美人茶」。

其實他的花名眾多，關係複雜。

它的原始名字叫「膨風茶」，因為當年茶樹受到蟲害後，一般茶農只有望茶園興嘆，這季茶葉就報銷了！但是，有一茶農卻不死心，還是將這批「著園」受損的茶葉製造出來了。挑到台北去，沒想到，竟然銷路很好，價格更高，這茶農回來很興奮的講述，其他茶農都不相信，說這個茶農是「膨風牯」，意即是「吹牛」的，於是也把他所做的那種茶稱作「膨風茶」。

這種茶其他的名字還有，如：正烏龍、紅烏龍、台灣烏龍、白毫烏龍、香檳烏龍、高級烏龍、天然茶、三色茶、五色茶、番莊膨風茶、椪風茶、東方美人茶以及外銷分級上屬於最高一級的"Extra Choice Oolong Tea"。 這些名稱是籠統的說法，我稍加說明一下：

東方美人茶的歷史悠久，外形有花朵般的紅、黃、白、青、褐五種顏色，因此稱「五色茶」。一般乍看至少也有紅、黃、白三種顏色，因此也稱「三色茶」。

香檳烏龍：茶湯稍涼時，滴入一、二滴白蘭地，茶味更加香醇，是品茗時的高尚享受，所以稱「香檳烏龍」。

天然茶：因為這種茶不噴農藥，小綠葉蟬才能「著園」吸吮，為害茶芽，好製造出台灣烏龍茶來，所以又叫天然茶。

番莊：以前經營烏龍茶的茶館，出入買茶大都是洋行的洋人，台灣過去稱呼洋人，一概以「番」號之，於是經營烏龍茶的茶館稱「番莊」，這種茶也就稱番莊了，其實，番莊是泛稱一般的烏龍茶，即一年四季做的烏龍茶都叫番莊。而“膨風茶”是專指夏季受小綠葉蟬危害的茶園，採摘下來的茶菁所製造的烏龍茶，具有特殊的風味。

椪風茶：茶是木本植物，膨風茶看不出其間的關係，茶業改良場人把膨風茶改寫為椪風茶。

美的東西似乎多少要有一些膨風；東方美人茶就是一種膨風的好茶。

凍頂茶是包種不是烏龍

目前大家所認定和熟悉的凍頂茶，應該是屬於包種茶而不是烏龍茶。所謂凍頂茶是指在凍頂這個地方所生產的茶。近二十多年來，凍頂地區僅製造包種茶，並無製造烏龍茶。

凍頂是地名，有一定的範圍和界限，真正的凍頂是指凍頂台地，即台灣省南投縣鹿谷鄉彰雅村，一塊被長達4公里的凍頂巷所貫穿的山頂台地，東北邊有一麒麟潭，雲山霧罩，是適合茶樹生長的環境。此地終年無霜雪，並非霜雪冰凍的山頂。凍頂古書都做「崠頂」，崠者：東山也，山脊也。民國7年（1918年），連雅堂先生所作的《台灣通史》一書，仍做崠頂，應該是台灣光復後才書寫成凍頂，今都從俗稱凍頂，反而少有人知，原名是崠頂，一些不明就裏的凍頂茶消費者，甚至還以茶博士自居，大談凍頂茶的典故，說什麼凍頂茶顧名思義，是生長在冰封雪凍的凍頂山云云，與事實相差太遠了。

凍頂台地現有住戶50餘戶，台地上茶園面積53公頃，年產茶葉40公噸，凍頂茶的重心在此。若包括坡地茶園，約有500公頃。因此，大地區稱凍頂茶，一般泛指鹿谷鄉彰雅村、鳳

凰村、永隆村、廣興村所產的茶。有人嚴格界定凍頂茶，就把不是凍頂台地生產的茶葉稱「凍腳茶」。其實，鹿谷鄉14個村都有產茶，由於凍頂茶知名度高，市場價格好，在供不應求的時期，也就把鹿谷鄉所產的茶都說是凍頂茶了。整個鹿谷鄉約有茶園2400多公頃，年產茶葉2000公噸。

　　凍頂地區的茶園絕大部分是種植青心烏龍或軟枝烏龍。台灣地區的茶業是起源於烏龍茶，早期凍頂地區也是製造烏龍茶。但是，自1980年以後，凍頂茶受到市場和優良茶比賽的影響，逐漸走向輕萎凋、輕渥紅的製造方法，以1/4或1/5渥紅為標準的做法，強調花香果味，青湯青葉，俗稱半頭青的特色，現在所製造的凍頂茶是道地的屬於青茶類的包種茶。

由於凍頂茶的知名度高，品質、風味的評價好，有一時幾乎全台灣生產的茶都模仿凍頂茶，並混充凍頂茶來賣，凍頂茶成為台灣半球形包種茶的代表。

至於凍頂茶的由來，可以回溯到二百年前野生種的所謂「水沙連茶」；其次是清朝嘉慶15年（1810年）柯朝氏歸自福建，帶來武彝之茶植於台灣北部，後來逐漸傳至南投。另在光緒2年（1876年）分巡台灣兵備道夏獻倫也曾飭令台南試行種茶。這些都可能是形成今天凍頂茶的較可靠依據，其他有關凍頂茶來源的傳說，經過考證，應是杜撰出來的。

辨識凍頂茶的方法，可依下面幾項原則為標準：1.乾茶的顏色是青綠或青褐色。2.乾茶的外形呈緊結半球形。3.茶湯顏色是黃綠色或蜜綠色。4.香氣在乾茶時嗅起來有點甜甜的糖香，開湯之後比一般的包種茶花香濃郁。5.滋味具稠稠的甘醇果味。6.飲後喉韻有滑潤回味。7.泡後的葉底，葉沿稍有紅變，這也是過去做茶人所稱的「半頭青」，也是標準青茶類包種茶的特色。

沖泡和品賞東方美人茶

喝一杯東方美人茶，是一種非常浪漫的美麗

東方美人茶即膨風茶，也就是最高級的台灣烏龍茶。原料是夏季受小綠葉蟬危害茶樹的芽葉，以重萎凋重發酵做法製造出來的烏龍茶。

茶樹受到蟲害，芽葉無法繼續生長而顯得肥短，芽上白毫顯著，茶條較不整齊，外形呈自然彎曲狀，乾茶很明顯有紅、黃、白三色，如果仔細觀察，則有紅、黃、白、青、褐五種顏色，是唯一具有多彩絢麗顏色的茶葉。

東方美人茶，以青心大冇為原料製造的成茶，由於具有熟梨的甜香，很受消費者歡迎。以青心烏龍為原料製造的成茶，外形較優美，顏色較深，白毫較顯著，但滋味不醇厚。以新品種金萱為原料製造的成茶，白毫特別多，外形整齊，茶湯較甜，但香氣較差。若以新品種翠玉為原料製造的成茶，顏色較紅，香味較淡。不同品種為原料製造出來的成茶，很明顯的其特質不同。

東方美人茶是以發育不全的芽葉為原料製造的半發酵茶，兼有紅茶和綠茶的特質，是香氣和滋味極好的茶。沖泡這種

茶要特別講究器具和方法，才能發揮它的特質。

一、器具選擇：泡茶以瓷質蓋碗或紅泥小壺都可以，但不宜用紫砂壺。茶杯則以純白色瓷杯為佳，才能襯出茶湯鮮艷的色彩。

二、茶葉用量：仍以3公克的茶葉、150CC的水、浸泡5分鐘的標準比例為依據。茶葉用量宜少不宜多，以免茶湯過濃，難以顯現出它特有的甘醇芬芳、典雅飄逸的風味。

三、水溫：水煮滾後，將壺蓋打開，稍候一會俟溫度降到85℃左右再沖泡；也可用中投法的沖泡方式，才不致於將茶葉燙熟，產生悶澀味。

四、浸泡時間：若以蓋碗沖泡，放3公克茶葉，因發酵重，可浸泡5至6分鐘。以紅泥小壺沖泡，茶葉量置壺的一半，浸泡1分鐘，就得斟到茶杯中。

東方美人茶的茶湯顏色是橙紅的琥珀色。散發出熟果香

氣，有如葡萄的甜香。滋味軟甜、甘潤，具有蜂蜜般的韻味。葉底淡褐而有紅邊，葉基則有少許淡綠色，葉片完整，芽葉連枝。以上標準可用來檢驗茶的品質。

至於品飲東方美人茶，可以像飲紅茶的方式，加糖或不加糖都可以；也可像綠茶的方式，完全清飲；更可像烏龍茶，以小杯小口，深嚐細品。若涼飲又可滴入一、二滴白蘭地酒，成香檳烏龍，別有一番風味。

東方美人茶一年只有一季生產，即是在每年的端午節前後，也就是農曆節氣的芒種時候。由於它不噴農藥，所以被一些講究保健的飲茶人士喜愛，又由於它迷人的名稱，成為具有美感的飲料藝術品。人們在紅塵俗務忙碌之餘，喝上一杯東方美人茶，該是一種非常浪漫的美麗吧！

東方美人茶並不違背膨風的本意

先有膨風茶之後，才有東方美人茶這個稱呼的。

爲什麼叫膨風茶呢？

　　近幾年來，膨風茶已經從地方名茶一躍成爲全國名茶，甚至世界名茶了。膨風茶的由來，以及爲什麼叫膨風茶，也有許多人説明過了，對於客家人來説，是很容易瞭解，但是，對於其他的族群就不容易搞清楚，既然是世界名茶，就應該讓大家都能瞭解才行。

　　膨風茶是什麼意思？膨風原來是一句客家話，它的通俗意思是誇大、自吹自擂、吹牛的意思；比較嚴肅的來説，是「盡其所能，努力的推銷自己」的意思。那麼膨風茶就可以解釋爲「盡其所能，努力推銷出去的茶葉」因爲是盡其所能努力的推銷，就不免會誇大其辭，膨脹些了。但是，它畢竟不能是劣質的東西，如果以劣質的茶葉盡其所能的推銷，誇大的説是如何如何的極品好茶，那就涉嫌欺詐了，違反公平交易的原則；只要是優質的茶葉，爲了能突顯它的質優和特色，以最美麗的詞句來形容，免不了會有些誇大和膨風的嫌疑。

　　夏季氣候悶熱。潮濕的地區，通風較不理想的茶園，孳生大量的茶小綠葉蟬，這種小昆蟲以茶樹的嫩芽爲食物，危害了茶樹芽葉的正常發育，是茶樹的病蟲害，也是茶農很頭痛

的問題。在新竹縣和苗栗縣種茶的客家人，把這種被茶小綠葉蟬危害的現象，稱作著園，意思是說受到小綠葉蟬危害的茶園。著園的「著」就如同著火的「著」，房子被火危害了，就說房子著火了。

這個著字是「受到」的意思。許多人未能正確的認識這種現象，只是以客家話的音直接轉譯出來，都寫成「得炎」或是「得煙」，更有寫成得蜓的，這些都是不切確的。因此以著園的茶菁製造出來的茶葉，就稱作著園茶了。

將受到小綠葉蟬危害的茶園採下來的茶菁製造烏龍茶葉，有特殊的風味，外形優美，色澤迷人，廣受消費者喜愛，以這種茶菁來製造茶葉是新竹、苗栗地區的客家人最先開始，又因為有新竹縣北埔的茶農拿烏龍茶到台北去參加比賽，賣得很高的價錢，膨風茶的說法就不逕而走，於是，這種最好

著園後的茶樹葉。

的烏龍茶也就被謔稱為膨風茶。而以著園的茶菁製造出來的烏龍茶品質優良，風味特別，廣受大家喜愛，著園茶菁堪稱烏龍茶中最好的原料。因此，著園茶就與膨風茶的稱呼結合起來，代表著烏龍茶中的最高級品，並形成專有名詞。

台灣烏龍茶並不是一定要以受到小綠葉蟬危害的茶菁來製造，台灣烏龍茶最早是台北縣的文山地區開始製造，以精選的茶菁，細緻的做工，製造出自然彎曲的條狀優美外形，白毫顯露，香氣高雅，滋味醇厚，尤其以夏季採摘的原料所製造的烏龍茶最為消費市場所讚美。於是，國際市場上稱台灣烏龍茶以夏茶最好，記載在威廉烏克斯所著的《茶葉全書》上。

台灣茶業的發展近十年來起了很大的變化，烏龍茶大量生產時代已經逐漸消失，唯獨以夏季著園的茶菁所製造的烏龍茶，因其有特殊的風味而仍然被消費者所青睞，因此，就以為台灣烏龍茶是膨風茶了，事實上，膨風茶只是台灣烏龍茶中的一個品類，一個花色而已。由於膨風茶產量不多，稀有珍貴，少數文人雅士以為膨風茶名稱過於粗俗不雅，杜撰一則故事出來，稱它為東方美人茶，這是台灣光復以後，1970年代的事，但就膨風茶在市場上的現象來說，也並未違背膨風的本意。

秋音繚繞觀音韻

正欉鐵觀音、正宗鐵觀音、鐵觀音有什麼區別？
當您買烏龍茶時，可要注意了！

鐵觀音茶一向為福建、廣東、台灣地區人民及東南亞華僑所珍愛，工夫茶得以發展和鐵觀音茶的流行有很大的關係。鐵觀音茶一經品嚐，輒難釋手，1980年代開始，鐵觀音茶更以它獨特迷人的香氣、韻味風靡日本，掀起中國烏龍茶熱。鐵觀音茶的美名傳遍世界，幾乎成為烏龍茶的代名詞。

鐵觀音原來是茶樹的品種名稱，由於它適合製造上等烏龍茶。因此，以鐵觀音茶樹的鮮葉製造出來的烏龍茶被單獨分類，它的商品名稱就稱為「鐵觀音茶」，且被認為是烏龍茶類中的極品。原產地是福建省安溪縣。

鐵觀音茶也被認為是懂得喝茶三昧的癮君子才知道享受的極品烏龍茶。它的湯色金黃，濃艷清澈，滋味醇厚甘鮮、入口回甘帶蜜味，香氣清芳高雅，至於具有天然的蘭花香和特殊的觀音韻是用來區別其他烏龍茶的根據，葉

上 ：鐵觀音
左下：正欉鐵觀音
右下：正宗鐵觀音

底和乾茶的外形,民間常以:「鋸仔齒、鑲紅邊、中肋壯、烏槍頭」的口訣來形容。

　　鐵觀音茶一年採收四次,品質以春茶較醇厚,冬茶香氣高雅,俗稱帶有秋香味。

　　品賞鐵觀音茶,首先要具備工夫茶的功夫,準備好陶製小壺、白瓷小盅,先用沸水將壺杯燙熱,然後在壺內置入相當於1/3壺容量的茶葉,沖以沸水,此時即有「未嚐甘露味,先聞聖妙香」的感覺,約45秒鐘之後,將茶湯斟入小盅內,先觀色、聞香後,再品味,淺斟細啜之後,齒頰留香,回味無窮。

　　台北木柵的鐵觀音茶是於民國初年,由張迺妙先生返回福建安溪帶回茶苗繁殖而來。以這些鐵觀音品種茶樹為原料製造成的鐵觀音茶,稱作正欉鐵觀音茶,葉形捲曲成球狀,乾茶顏色綠中帶褐,茶湯呈褐色,香氣是濃郁的果實香,滋味具有特殊的果酸味,也就是俗稱的「觀音韻」。

台灣一般所稱的鐵觀音茶，是指以鐵觀音茶的這種特定製法所製成的烏龍茶。所以，台灣鐵觀音茶的原料可以是鐵觀音品種茶樹的鮮葉，也可以不是鐵觀音品種茶樹的鮮葉。因此，才有正欉鐵觀音茶和正宗鐵觀音茶、鐵觀音茶三種不同的名稱，這與福建鐵觀音茶的概念是不同的，這三種鐵觀音茶的市售價格相差很大，您在選購鐵觀音茶時要特別注意：

　　正欉鐵觀音茶，是以鐵觀音品種茶樹為原料，以用鐵觀音茶的特定製法所製成的鐵觀音茶。每100公克約台幣250元。

　　正宗鐵觀音茶，是以製造鐵觀音茶的這種特定製法製成的鐵觀音茶，原料不一定是鐵觀音品種茶樹的鮮葉。每100公克約台幣100～150元。

　　另外，一般茶商自稱所謂的鐵觀音茶只是重發酵、重焙火，乾茶顏色深褐、香味是焦香火味的茶而已，往往是一些下級茶加以重焙火而成的茶。每100公克約台幣50至80元。

　　安溪所出產的中檔鐵觀音茶市售價格每100公克約台幣250元，高檔則每100公克在250元以上。

寒夜客來話普洱茶

寒夜客來爲什麼以普洱茶當酒呢？

「寒夜客來茶當酒」，是大家耳熟能詳的詩句，但是該選擇什麼茶來當酒呢？不能不有一點考究。

寒夜客來，煮壺普洱茶最適當不過了！普洱茶，茶性較溫和，少刺激性，香氣沉穩醇和，滋味濃厚生動。在寒冷的夜晚，老朋友來訪，煮一壺熱普洱茶代替酒，一起品飲聊天，其樂無窮，這是最美好的時光。

普洱茶製造工序：採摘茶樹鮮葉，經過殺青、揉捻、曬乾的過程，即成曬青毛茶。以毛茶爲原料加工精製即成普洱茶。由於，加工精製的工藝不同，可分爲生普洱茶和熟普洱茶兩種。

生茶：是以曬青普洱毛茶爲原料，經過陳放，以自然的方式使毛茶的內含物質產生變化，消除菁味，減少苦澀味，使滋味變醇而成的普洱茶。

熟茶：是以晒青普洱毛茶爲原料，經渥堆工序，在濕熱作用下，促使毛茶的內含物質較快轉化而成爲普洱茶的成品。

　以外型分，普洱茶又可分為普洱散茶和普洱緊壓茶兩大類，以普洱散茶為原料，經過蒸壓加工可製成各種普洱緊壓茶，例如：普洱沱茶、普洱圓茶即七子餅茶、普洱茶磚等。

　普洱茶是所有茶類中最特殊而複雜的茶類。因此，在普洱茶的氤氳中，附會了許多傳說和神祕色彩，因而，它的藥理性、時間性和藝術性，也就混在一起糾纏不清了。它可以制癌，可以減肥，又可以治病，好像萬靈丹，而喝普洱茶的人，動不動就是以珍藏數十年，甚至百年以上自矜；由於它的年份是數十年或是百年以上，就成為古董了！既是古董當

然以藝術品視之，於是普洱茶又成為可以喝的古董、可以喝的藝術品了！

所以選購普洱茶必須要小心謹慎，要和選購古董、選購藝術品的心情那樣，沒有一定程度的普洱茶知識，是很難買到貨真價實的普洱茶。

喝普洱茶的方式也和喝一般茶有所不同。喝普洱茶要達到快樂和保健的功能，烹煮是最佳的辦法。烹煮普洱茶，以鐵壺或陶壺為最宜，將水注入到壺的七分滿，以猛火煮到壺中微微有聲，掀開壺蓋，投入適量的普洱茶，若是普洱緊壓茶則先剝成碎片狀投入，壺蓋不蓋回去，待壺中出現騰波鼓浪時，再加入冷水至壺的九分滿，此時蓋上壺蓋，以文火煮至三沸，斟茶品飲是時候了！

寒夜客來茶當酒，原詩是宋朝杜小山的《寒夜》：「寒夜客來茶當酒，竹爐湯沸火初紅；尋常一樣窗前月，才有梅花便不同。」在夜晚到來時，煮普洱茶，談心事，即使不是寒夜，也有幽邃禪境的情意。

高山茶是高貴的象徵

高山茶近年風靡全台灣，您知道怎麼樣才叫高山茶嗎？

高山茶產於高山，價格最貴，普遍為消費者所喜愛，已經是喝茶高貴的象徵了，台灣各地茶行無不以販售高山茶為號召。

高山地區，由於雲霧多，日光照射弱，漫射光比例大，日夜溫差大，氣溫隨海拔升高而降低，而且因季節不同山地空間降雨變化大，雨水充足等氣候特徵，使得高山地區的生態條件對茶葉產生相應的品質效應，在一定的茶園管理和製造技術配合下，無可置疑的，因生態環境較適宜茶樹生長，高山茶的品質勢必比平地茶好。

高山茶須具備的條件有：1. 產地在海拔1,000公尺以上，2. 年採收4次以下，3. 製造品質優良。台灣高山茶在五大山脈中，有它各別的代表性；也有它的共通性。

中央山脈：北起蘇澳，南迄鵝鑾鼻，南北縱走，稍偏東側，為台灣島的分水嶺。中央山脈的高山茶主要是以台東縣海端鄉利稻村摩天嶺高山茶，以及台東縣太麻里鄉的太峰高山茶為主。摩天嶺高山茶海拔1,400公尺，在南橫公路附近，太峰高山茶主要產在海拔1,200公尺左右的金針山。另外，高

雄縣六龜鄉、三民鄉、茂林鄉等地，近年來在海拔1,000公尺以上的寶來、天池、藤枝等地也種有茶園，此地區高山茶因緯度較低，芽葉較粗大，製茶技術較不熟練，略顯澀味。因此，雖有獨特韻味及耐泡優點，目前消費者並不太多，售價每公斤在台幣3,000元左右。

玉山山脈：介於中央山脈和阿里山山脈之間，北起台中縣境奇萊主山，南至高雄縣境的六龜鄉。玉山系的高山茶，從海拔1,000公尺到2,600公尺，是海拔差距較大的高山茶，主要的玉山高山茶有南投縣信義鄉、仁愛鄉、國姓鄉、水里鄉、中寮鄉。以信義鄉草坪頭同富村及神木村一帶為代表，韻味勝於香氣，持久耐泡，售價每公斤台幣4,000元左右。

而台中縣和平鄉的梨山、南投縣的大禹嶺、福壽山農場的高山茶，則位於雪山山脈、中央山脈、玉山山脈接壤附近，香味特殊、品質具有挺拔豁達、更有一種冷風吹拂的山頭氣

韻，售價最高。梨山、大禹嶺的茶與福壽山農場的福壽長春茶，每公斤的售價都在11,000元上下。

雪山山脈：在中央山脈的西北部，北起宜蘭縣頭城鎮附近，南至台中縣的東勢鎮。雪山系的高山茶主要代表是武陵農場的武陵茶。在和平鄉的裏冷一帶也產茶，此地的茶一年四季售價一律，茶質不分春夏秋冬，售價每公斤在台幣6,000元左右。

阿里山山脈：位在玉山山脈的西側，主山脈北自南投縣日月潭附近，南至台南縣曾文水庫附近。阿里山高山茶主要產區在嘉義縣的梅山鄉、阿里山鄉、竹崎鄉、番路鄉及南投縣和嘉義縣兩縣交界附近，南投縣杉林溪一帶。是台灣高山茶產量較多的地區，也是消費者飲用最多的高山茶。每公斤的售價在台幣4,000元以上。

海岸山山脈：在靠太平洋海岸邊陲，北起花蓮市附近，南至台東市，主要的高山茶在花蓮玉里鎮的赤科山及富里鄉六十石山，海拔約1,000公尺，此地原來是種金針花，數年前改

種茶葉，所產茶葉清純，香味接近阿里山高山茶。茶農將此地高山茶訂名為凍久茶。

　至於辨識高山茶的祕訣，可從下列數項來判定：1. 乾茶：外形條索整齊，呈半球形米粒狀。顏色深綠或翠綠。香氣清新。2. 茶湯：濃郁花香，欲滴果味，顏色蜜綠或黃綠。3. 葉底：葉片完整，枝葉連理，不留渥紅痕跡。高山茶是高貴茶，無論從那個角度看，都應該具有高貴相才是貨真價實的好茶。

阿里山珠露茶是最搶手的高山茶

阿里山珠露茶的特色是：

外形緊結，顏色青褐，具有濃郁的花果香。

「高山青，澗水藍，阿里山的姑娘美如水啊，阿里山的少年壯如山！」這首大家耳熟能詳的歌曲，讓人聯想到千峰萬巒、雲海變幻、景緻宜人的阿里山。隨著飲茶品味的提高，阿里山高山茶，是消費者最津津樂道的茶葉了！

從嘉義市沿阿里山公路行50公里，至海拔1200至1400公尺，距阿里山風景區約25公里處，有個屬於嘉義縣竹崎鄉叫石卓坪的村落，有名的阿里山珠露茶就生長在這個地方。據說100多年前，台南府曾經委託諸羅縣（現在嘉義縣）東頂保（現在嘉義縣、雲林縣東邊山地）保長吳氏，在梅山鄉的瑞峰、外寮、生毛樹等地，試種「小種仔」茶樹成功，其後，經由洪氏從上述地點引進石棹來栽培。目前，尚保存少量當年繁殖下來的茶樹，繼續採摘製茶。

由於，此處氣溫較低，日夜溫差較大，年平均溫度約15℃左右，四季涼爽如春，雨露時常籠罩滋潤，又是屬於砂質赤土，也是曾文溪和八掌溪上游的分水嶺，鍾靈毓秀，很適合高品質的茶樹生長。自1980年（民國69年）起，政府推廣種茶，此地就被不斷開墾為茶園，面積達100餘公頃，所種茶樹

品種大都以青心烏龍為主。如果把周邊地區發展起來的茶園合併計算，包括番路鄉、阿里山鄉、竹崎鄉，總計茶園面積已達1500公頃，所產之茶，與阿里山珠露茶同享盛名。

至於阿里山珠露茶茶名的由來，起於1987年(民國76年)8月28日，總統府資政謝東閔先生蒞臨石棹，品飲了當地茶農恭奉的茶，讚賞不已，特別命名為「阿里山珠露茶」。

阿里山珠露茶也是最早實施有機農法的茶葉。所謂有機農法，是指用有機肥料栽培茶樹，不噴農藥，或盡可能少噴農藥的茶園管理方法。並組織產銷班，以人工採收茶菁，實行較嚴格的品質管理。珠露茶從包裝到茶罐設計，都已由石棹茶區茶葉產銷班洪廷山先生向中央標準局申請了專利登記、商標註冊，期望茶葉的信譽得到保障。

阿里山珠露茶的特色，是從製造過程開始的茶菁採收起，在36小時內要完成茶葉的成品製造。茶菁採收時，每小時收集一次，經日光萎凋、發酵、殺菁、揉捻、整形、乾燥、篩檢、烘焙等手續，時間控制必須恰到好處，若過火或不及，

將失去清香、甘醇的結果。

珠露茶的原料是以青心烏龍或小種仔製造，又因為是人工採收、製造，乾茶外形緊結，顆粒較大，顏色青褐，具有濃郁的花果香。茶湯則是顏色蜜黃，滋味醇厚，三泡有餘香的花果香氣。在產地經常有消費者等候著購買，是目前最搶手的高山茶。

阿里山珠露茶，雖然是搶手茶，但一般消費者多半説不出她的註冊名字，只籠統的稱阿里山茶或石棹茶。至於石棹茶的棹字，不能寫成桌，也不能寫成「槕」，更不能寫成「卓」，就越發不在喝茶者的研究範圍內了。花大價錢，喝糊塗茶，這也是台灣茶客的一大特色。

文山茶有香濃醇韻美的特色

文山包種茶以栽種在東北向迎風面山坡的春茶最好。

文山包種茶，以香、濃、醇、韻、美五大特色馳名海內外，深受飲茶人士的愛好，是台灣十大名茶之一。成茶的外形呈條形，是與台灣其他地區的包種茶最大的不同處。因生產地區在文山而名為文山包種茶，文山地區就現在的台北縣坪林鄉、石碇鄉、深坑鄉、新店市、汐止鎮和雙溪鄉的一部分及台北市的木柵和景美（1990年3月12日將此兩區合併改制稱文山區）。

文山地區是台灣茶葉較早的發祥地，1885年福建安溪縣的王水錦、魏靜時兩位先生來到台灣，在台北的南港大坑從事包種茶的栽培製造和傳授工作，後來逐漸擴大種植範圍，達到整個文山區。這是文山包種茶的起源。

文山包種茶的主要原料是青心烏龍種，其製造特色是屬於

青心烏龍

輕萎凋，輕發酵，發酵程度在12～18%左右的青茶類。

外觀：略顯自然彎曲的條形，條索緊結稍稍粗長，幼枝連理。乾茶墨綠色帶油光，有灰白點像青蛙皮的顏色，此為上品的文山包種茶。如果形狀短碎，條索鬆散，顏色鮮綠又沒有青蛙皮的灰白點，則是次級品。

香味：有素蘭花的鮮花香氣，幽雅清香，滋味純和，入口生津，富有清快活性，不苦澀，刺激性低，喉韻圓滑，有一種清香的新鮮感，這是高級文山包種茶的特色。如果茶香不明顯，一下子即揮發散去，滋味不夠沉厚，這些現象都是文山包種茶的次級品。

湯色：蜜綠呈金黃色，明亮悅目，是上品文山包種茶的湯色；如果湯色呈現暗黃或淺黃，就是次級品。沖泡後葉片完整，枝葉連理，色澤呈鮮綠無損點是上品茶；如果沖泡後的

葉片斷裂有碎葉，色澤呈暗綠，就是次級品。

　　文山包種茶因在製造時不用布巾包揉，形狀較粗長而自然彎曲。因此，沖泡文山包種茶時，除按照一般包種茶的沖泡過程外，應選擇腹大口大的紅泥茶壺。又因文山包種茶較疏鬆，置放茶葉量以壺的2/3量為適當，沖泡的水溫滾燙而無異味的開水為佳。淹泡的時間，第一泡以40秒鐘為宜，每增加一泡仍然以增加15秒為原則。如果採用瓷蓋碗來沖泡尤佳。文山包種茶是重視香氣的輕發酵茶，採用硬度較高的茶壺或茶碗沖泡最相得益彰。用蓋碗時，置茶量也是碗的2/3量，時間與壺泡相同。

　　文山包種茶目前一年的產量約1,200公噸，以東北向，迎風面的春茶最好。每公斤的市售價格約台幣2,800元以上。

　　選購文山包種茶和沖泡文山包種茶的難度都較其他茶類來得高，即使買到上品文山包種茶，如果茶具和水沒有講究，或沖泡的技巧不純熟，也很難喝到滿意的茶湯。

松柏長青茶是大眾化茶葉

合您的口味，又合您的口袋的茶是松柏長青茶。

　　台灣最早由名人命名的茶就是松柏長青茶，產地在南投縣名間鄉，原名埔中茶、又稱松柏坑茶。在1975年1月19日，當時的行政院長蔣經國先生親臨名間鄉巡視，茶農以當地盛產的茶恭迎蔣經國先生，先生飲後，對茶的香郁品質連連讚美，並隨口詢問這是什麼茶，茶農回答說埔中茶，經國先生以為這裏既叫松柏嶺，茶園又是綠油油一片，終年常青，就說：「叫松柏長青茶好了！」在當時對茶農是一項莫大的鼓舞，從此，松柏長青茶的名聲馳名遠近。

　　松柏長青茶的主要產區在八卦山脈的南端，海拔約450公尺的松柏嶺丘陵台地，屬於紅壤土質，地勢緩斜，排水良好，很適於茶樹的生長。茶園面積迅速發展，目前已超過2500公頃，年產茶葉達3500噸以上，是目前台灣生產茶葉最多的茶鄉。

　　松柏長青茶主要以青心烏龍、四季春、金萱、翠玉、武夷等為原料。松柏長青茶的製法與凍頂茶大同小異，主要區別在於松柏長青茶大多以機械採剪，且實施電腦揀梗，因此，

成茶顆粒較小，外觀整齊，條索緊結，茶湯蜜綠。因原料不同而香味有別，青心烏龍清幽花香、滋味醇厚；四季春帶有檳榔花香、滋味清純；金萱有牛奶清香、滋味厚雅；翠玉則帶桂花香、滋味活潑；武夷香氣沉著、滋味濃厚耐泡。

沖泡松柏長青茶要注意茶葉量，小壺泡功夫茶時，茶葉只需要置放壺的五分之一即可，比沖泡其他茶葉的量少一些，需要滾燙水的第一泡，浸泡45秒鐘就可倒出來；若用150CC的蓋碗或瓷杯，茶葉放置量為3公克（一小茶匙），沖入滾燙開水，浸泡4至5分鐘後，即可品飲。

由於，松柏長青茶的其特性乃是以機械採剪，故葉片割裂面較多，開湯後，發茶迅速，香味來得快，茶湯汁漿較醇厚。因此，高溫香味較濃烈，最好是熱飲。茶葉不宜浸泡過

久或沖泡過多次，一份茶葉以沖泡3、4次後即更換為最適當。

松柏長青茶於中午前後的短時間內以機械採剪嫩葉，然後從製造茶葉到揀梗一系列都採機械化作業，成本大幅降低，價格便宜很多，品質又不差，目前的市售價格，每公斤平均約1000元左右，是大家都消費得起的大眾化茶葉。

松柏長青茶，是目前半發酵茶中發酵最輕的半球形包種茶，其乾茶呈青綠色，有一股清新香味；開湯後，湯色蜜綠，清香撲鼻，滋味略帶點苦澀，但耐人尋味，是目前新新人類和喝茶資淺的茶侶頗為喜愛的茶。如果喝茶的癮君子嫌松柏長青茶太生了，可以請茶行再烘焙，到4、5分熟再來沖泡，那麼就合您的口味，也合您的口袋了！是既經濟又實惠的茶。

龍泉茶有客家人的味道

龍泉茶有一種含蓄清純的花香，是具有客家人味道的茶。

「龍泉飄香，享受原野風味」，龍泉茶曾經是客家莊桃園縣龍潭鄉閃熠在80年代的金字招牌，而今走訪龍潭茶鄉，更是品味生活、度假休閒的好節目。

龍潭鄉盛產包種茶，將近2000公頃的茶園，分布在銅鑼觀光茶園、店仔湖觀光茶園、三和觀光茶園、三林觀光茶園、石門觀光茶園等五個地區。初踏入龍潭鄉，首先映入眼簾的是林立在街道旁供應客家菜和石門活魚的食堂餐廳，令人食指大動，俟進入觀光茶園，在附設的茶藝館中啜一杯芬芳甘醇的龍泉茶，游目四顧修剪整齊的綠油油茶園，才曉得心曠神怡，寵辱皆忘的心情，其實無需遠求。龍潭地區，可算是台灣規劃最完整、最具特色的富麗農村，觀光茶園再配以分布附近的名勝古蹟，令人發思古之幽情。一天的龍泉茶之旅，會是感性之旅，也是知性之旅。

龍潭鄉位於桃園縣南陲，東以大漢溪、石門水庫為界，鄰接大溪鎮、復興鄉，南與新竹縣關西、新埔相連，為一塊海拔300至400公尺之間的丘陵台地，大漢溪支流偏布，視野遼闊，空氣清新，全年高溫多雨，早晚有一層薄霧籠罩在田野

間，茶樹得此濕氣的滋潤，生長和茶葉的品質得到最佳的條件，也是開闢為觀光茶園的理想地方。

龍泉茶主要是以青心大冇、青心烏龍等品種為原料製成的茶，屬於半發酵類中輕渥紅的包種茶，茶葉中的兒茶素僅有15%左右。

龍泉茶乾茶的外觀翠綠，葉尖捲曲自然，具有一股芬芳的花果香。茶湯則金黃帶綠色，滋味甘潤，入口生津沉潛，有一種含蓄清純的花香，是客家人的味道。

如何沖泡和品賞龍泉茶？最重要的祕訣是：茶葉量少，時間稍短，水溫略低，熱飲最好。也就是沖泡龍泉茶時，放置茶葉的量要比沖泡高山茶、凍頂茶的用量少些，若要以小壺泡功夫茶，約放茶壺的四分之一至五分之一量即可。蓋碗泡則仍依3公克的茶葉150CC的開水，浸泡5分鐘為準。浸泡時間

不宜太長，小壺泡第一泡在45秒鐘前，即要將茶湯倒出來。泡茶的開水以90℃為原則，且熱飲較涼飲佳，宜以比高山茶、凍頂茶的茶湯高5℃左右時品飲，而茶湯不宜在口中逗留太久，這樣才能品出最佳的客家人味道。

關於龍泉茶名稱的由來，可回溯到1983年4月9日，當時的台灣省主席李登輝先生，蒞臨龍潭鄉視察，在該鄉青年茶農羅濟造先生主持的茶藝館品茶，鄉民遂要求為龍潭鄉的包種茶命名，李主席於是命名為龍泉茶。

其實龍潭鄉產茶也有百餘年的歷史，過去都是以製造紅茶或綠茶外銷海外為主；但是，在1980年以後，台灣茶葉的國際市場逐漸萎縮，以至於完全消失，茶農們才改製當時在內需市場蓬勃發展的包種茶。由於該地的較優條件，轉換很快，年產將近2000噸的包種茶，雖然近年在都市化因素影響下有逐漸減產的趨勢，但龍泉茶仍是台灣舉足輕重的茶葉。

日月潭紅茶做茶葉蛋最好

用日月潭紅茶來調製泡沫冰紅茶，風味也特別好。

　　雖然台灣紅茶在一百年前就已開發製造，對於老一輩的台灣人來說，喝紅茶是件奢侈的事，只有去西餐廳，或與西方社會有關係的人才有機會享受得到。台灣紅茶過去幾乎完全是用來外銷賺取大量外匯的。日治時期的1937年（昭和12年），外銷量達到5,809公噸；光復後的1949年（民國38年），更曾創造出7,485公噸的最高紀錄，是所有茶類之冠，為台灣的經濟發展做出很大的貢獻。

　　1952年（大正14年），日本政府自印度的阿薩姆州引進了大葉種茶樹品種，在南投縣魚池鄉試種成功；1932年（昭和7年）；又有郭少三氏自泰國清邁地區引「禪種」在南投縣埔里試種成功，日月潭紅茶就是以這兩種茶樹品種做原料製造出紅茶來，品質均很優良，各具特色。

　　紅茶依其成品的外形，一般可分為條形紅茶、碎形紅茶、切菁形紅茶三種。其製造過程是先經過萎凋、揉捻、渥紅、乾燥的工序而成粗製茶。而後再經過切斷、拔莖、篩分、風選、分級、覆火而成精製茶成品供應市場。

以往成品紅茶通稱阿薩姆紅茶，由於阿薩姆是印度的一個地區名，台灣生產的紅茶與印度阿薩母地方生產的紅茶，無論是外形和品質都已經不相同。1977年（民國66年），南投縣縣長劉裕猷應茶業業者之請，乃命名為日月潭紅茶，打出台灣紅茶自己的品牌。

紅茶是屬於完全渥紅的茶類，以阿薩姆大葉種製造出來的紅茶，湯色艷紅清澈，香氣醇和清芬，滋味濃厚留芳，堪與印度、斯里蘭卡的高級紅茶媲美；而襌種製造的紅茶，由於原料的葉形較小，成倒披針型，淡黃色，樹勢強，採摘期較晚，白毫較多，具麥芽香，湯色鮮紅，香氣潤和，滋味清醇，所製造出來的紅茶與阿薩姆種有所不同。這些是日月潭紅茶和進口紅茶不同之處，進口紅茶一般的湯色都屬深紅色，滋味較澀、香氣較濃烈，需要添加奶精或奶油、糖、檸檬來喝，以熱飲為主，較不適合冰飲。

紅茶的等級分法，許多消費者不太清楚，介紹如下：

FOP：(Flowery Orange Pekoe)

FOPF：(Flowery Orange Pekoe Fannings)

OP：(Orange Pekoe)

P：(Pekoe)

BOP：(Broken Orange Pekoe)

BOPF：(Broken Orange Pekoe Fannings)

D：(Dust)

F即Flowery，指茶芽如花蕾形狀的極嫩的芽。

O即Orange，指幼芽，幼嫩至幾乎沒有葉綠素，而帶澄色的意思。

P即Pekoe，指白毫，是白色細毛之意，有這樣的毛生於心芽。

F即Fanning，指會被風吹掉般的細狀的茶（浮葉）。

B即Broken，指細碎的葉茶。

D即Dust，指如粉塵般的細狀（風鼓尾）。

目前，台灣的泡沫紅茶非常盛行，泡沫紅茶店凌駕了一般

茶藝館，為茶藝開闢了新的途徑；但，一般消費者尚不知道
以日月潭紅茶來調製泡沫紅茶風味特別好，就是做茶葉蛋也
不同於進口的紅茶，特別紅艷美麗、芳香可口，不相信您試
試就知道了！

中國十大名茶

中國茶樹的品種少說超過350種，而以此爲原料製造出來的茶葉，各式各樣，豐富多彩在各地市面上能見到的最少也在1500樣以上。

在一千多年的茶業歷史中，自唐代陸羽著《茶經》，把全國分為九個大茶區以來，每個朝代都有突出的名茶。唐人著重「陽羨茶」，流傳著「天子未嚐陽羨茶，百草不敢先開花」的歌謠。宋人重視的貢茶是福建建州茶，專門設置「御茶園」。明代是以武夷雨前茶最富盛名。明末清初以後，各地名茶輩出，從《紅樓夢》賈府的生活描寫，可見一斑。民國以來，舉辦名茶審評活動，中國十大名茶於是一一出爐。

中國十大名茶：1.西湖龍井。2.洞庭碧螺春。3.君山銀針。4.黃山毛峰。5.祁門紅茶。6.六安瓜片。7.太平猴魁。8.鳳凰單欉。9.安溪鐵觀音。10.信陽毛尖。這十大名茶，可謂富有中國茶的代表性，含括了綠茶、黃茶、青茶、紅茶，享譽國際，人人以能喝到中國十大名茶為榮。近十數年來，中國茶業發展蓬勃，十大名茶受盛名之累，魚目混珠的情形很嚴重，要想買到真正道地的十大名茶可不容易。

茶有因地、因時味，同樣的茶產於不同的季節，其內質，滋味不相同，同種類的茶葉產自不同的地方，風味也不相

同。因此，選購名茶還必須注意產地和季節，中國十大名茶必標示地名在前面才能多一分保證，例如龍井茶，產製龍井茶的地區不下數十地，而中國十大名茶之一的龍井茶，特別標明是「西湖龍井茶」指產自浙江省杭州市西湖鄉地區的龍井茶。名茶產地往往又屬絕佳的小環境、小氣候地區，非茶藝專家，很容易被誤導到知名度高的大地區去，例如十大名茶之一的「洞庭碧螺春」，產地在江蘇省蘇州市吳縣境內太湖的東洞庭山和西洞庭山，此洞庭不是指湖南省岳陽市境內的洞庭湖。太湖產碧螺春的絕佳地區是洞庭東山和洞庭西山，因此，冠上洞庭碧螺春之名。其他例子很多，幾乎每一種茶都有類似問題，要特別注意產地。

中國是產茶大國，更是名茶最多的國家，近十餘年來，新創名茶品質優良者愈來愈多，而市場經濟時代，廣告、宣傳影響市場知名度，原屬十大名茶者，有的由於產地條件，製造技術未精益求精，或在廣告行銷方面沒有表現，就會受到新創名茶的嚴重挑戰。因此，中國十大名茶出現不同的版本，其中有一、二種有出入，如都勻毛尖、武夷岩茶有被列

入十大名茶的情形，而太平猴魁和鳳凰單欉有被取代的狀況。

　　總之，中國十大名茶的形成，是經過全方位的評比，它除了要具有歷史意義，富有人文內涵外，茶本身的內質、外形也都合於考量的標準，才能在1500多種茶葉中脫穎而出，成為茶人們寶愛的對象。

細品龍井茶

色翠、香清、味醇、形美，龍井茶葉細嫩完整。
春天來到，歷史名茶的第一位也是人生一大滿足。

龍井茶是中國十大歷史名茶的第一位。以「色翠、香清、味醇、形美」四絕而著稱，深受品飲者的喜愛，享譽古今中外。

台灣三峽鎮於1950年後，也生產龍井茶，是以青心柑仔種為原料製做，茶乾外形劍片狀帶白毫，顏色翠綠，茶湯淺綠，香氣是新鮮的青草香，略帶苦甘的鮮味，具有清新的活性，維生素C含量多，入口先苦後甘是它的特性。

品賞龍井茶的方法：用200CC的玻璃杯，放4公克龍井茶，以80℃左右的開水沖泡，三分鐘後打開杯蓋，一旗一槍，簇立杯中，上下沉浮，宛如青蘭初綻，翠竹爭艷。品飲欣賞，香郁味醇，清淡高雅，齒頰留芳，細品慢啜，才能領略其香味特點。

台灣三峽龍井茶，在每年春分（國曆3月20日）前後就可上市，產地價格，高級龍井茶每公斤約台幣1600元左右；中級龍井茶每公斤約台幣1000元左右。

　　龍井茶的原始產地是浙江省杭州市的西湖山區。西湖山區的龍井茶，由於產地生態條件和炒製技術的差別，形成不同的花色，依獅、龍、雲、虎、梅五個品目排列，獅是指龍井村獅子峰一帶所產。龍是指龍井、翁家山一帶所產。雲是指雲棲一帶所產。虎是指虎跑、四眼井一帶所產。梅是指梅家塢一帶所產。目前，根據生產的發展和品質風格的差異性，調整為：獅峰龍井、梅塢龍井、西湖龍井三個品類，以獅峰龍井品質最佳。

　　獅峰龍井：外形扁平似碗釘，色澤略黃，俗稱糙米色，香氣高雅、持久，味鮮醇厚，湯色碧綠明亮，是龍井茶中品質最好的，市售價格特級品每公斤約人民幣800～1000元，合台幣約3200元至4000元左右。

　　梅塢龍井：外形挺秀、扁平光滑，色澤翠綠，香高雋永，

味鮮爽口，湯色澄綠青翠，顯黃色。品質略遜於獅峰龍井。市售價格特級品每公斤約人民幣800元，合台幣約3200元左右。

西湖龍井：外形挺秀扁平，葉質肥嫩，色澤青綠，香氣較不及獅峰、梅塢，滋味較不雋永，也有豆花香，湯色碧翠。市售價格特級品每公斤約人民幣600元，合台幣2400元左右。

另外，龍井茶採摘講究細嫩完整。只採一個芽的稱蓮心；採一芽一葉的叫旗槍；另採一芽二葉的稱雀舌，共分13個等級，最好的稱「特級」，特級又分一、二、三等，以下的再分一到十級，其中1～3級稱高級；4～6級稱中級；7級以下是低級。

春天來到，品嘗中國十大歷史名茶的第一位，也是人生一大滿足呀！

碧螺春嚇煞人香

嚇煞人香的碧螺春茶有三大特色：摘得早、採得嫩、揀得淨

「入山無處不飛翠，碧螺春香百里醉」。可以説是碧螺春茶原產地──江蘇吳縣太湖洞庭東、西兩山的寫照。洞庭東山是一個半島，宛如一艘巨舟昂首駛入太湖，洞庭西山是屹立在湖中的島嶼，西山的面積等於一個香港大小。

太湖碧螺春茶是採果茶間作的栽培方式，茶樹和桃、李、梅、桔、百果、枇杷等果樹交錯種植，果樹高，茶樹低，綠蔭如傘的果樹，蔽覆霜雪，掩映秋陽。茶樹、果樹枝椏相連，根脈相通，茶吸果香，花窨茶味，陶成了碧螺春茶花香果味的天然品質。

碧螺春茶三大特點：1.摘得早。每年春分（國曆三月二十日）前後開採，穀雨前後結束，以春分至清明採製的明前茶品質最名貴。2.採得嫩。通常只採初展的一芽一葉，芽長約1.6～2.0公分，炒製1公斤的高級碧螺春茶約需14萬顆芽頭，可見茶葉的幼嫩。3.揀得淨。採回的芽葉須及時進行精心揀剔，剔去魚葉（茶芽發出的第一片葉子，無鋸齒，還不能算是葉，只是鱗片）和不符標準的芽葉，保持芽葉一致、勻整。

碧螺春茶的品質特色：1.以細嫩的芽葉製成，含有豐富的氨基酸和多酚類化合物，保健效果強。2.外形是條索狀，纖細幼嫩，捲曲如螺，滿身披毫，銀白隱翠。3.香氣濃郁，滋味鮮醇、甘厚生津、乃所謂的「花香果味」。4.湯色碧綠清澈，葉底嫩綠明亮。

品賞碧螺春茶的方法：以潔淨透明的200CC玻璃杯，80℃的開水，採上投法沖泡。即先將開水注入杯中，然後，將4公克的茶葉投入杯中，不一會兒，即呈現白雲翻滾，雪花飛舞的奇景；茶在杯中，可欣賞它猶如雪浪噴珠的展開葉形；繼可欣賞春染杯底的茶湯；最後是綠滿晶宮的青翠葉底。這時候，清香襲人，品嚐滋味，鮮醇芬芳，香郁回甘。

關於碧螺春茶名的由來，根據清朝《野史大觀》載：「洞庭東山碧螺石壁，產野茶數株，土人稱嚇煞人香。康熙己卯……撫臣宋犖購此茶以進……，以其名不雅馴，題之曰碧螺春。自後地方有司，歲必採辦進奉矣。」可見碧螺春茶是康熙年間才出現，原來叫嚇煞人香，是蘇州話，香死人之意。

高級碧螺春茶，產地每公斤售價約人民幣1000元以上。合台幣4000元以上。

台灣省台北縣三峽鎮於1981年開始製作碧螺春茶，是以青心柑仔種製作的，色香味形與太湖碧螺春都有出入。高級三峽碧螺春茶的外形自然彎曲，比太湖碧螺春來得大、長，茶乾顏色墨綠有光澤，湯色淡綠色，呈清香菜味，有回甘。產地售價，高級品每公斤台幣2000元左右。近年來，台灣三峽的碧螺春茶銷售量已超過龍井，仍繼續增加中。

《紅樓夢》裏的老君眉茶

　　君山銀針屬於黃茶類，產自湖南省洞庭湖君山茶場。君山為一秀麗的湖島，在湖南省北部岳陽市西面的洞庭湖中，面積0.96平方公里，約與香港同其大小，和江南第一名樓岳陽樓遙遙相望。家喻戶曉的范沖淹《岳陽樓記》：「北通巫峽，南極瀟湘，遷客騷人，多會於此」。劉禹錫讚嘆君山：「遙望洞庭山水翠，白銀盤一青螺」。君山銀針就產在名湖、名山環抱的優美自然環境之中。

　　君山銀針的製作工序達十一道之多，採摘原料要求嚴格，每年清明節前十天開始入園揀選多毫芽頭採摘，長度標準為25～30毫米，寬度3～4毫米，芽蒂長2～3毫米，芽頭內包含3～4片葉子，肥壯重實的才是上品。採摘時，盛茶竹籃要襯墊一層白布，防止擦傷芽頭和茸毛。如此嚴格要求製造出來的君山銀針，色、香、味、形俱佳。外形肥壯挺直，大小長短均勻，白毫完整鮮亮，芽頭金黃，享有「金鑲玉」的美稱。茶湯色澤橙黃明亮；香氣清純；滋味醇厚甜爽；葉底黃亮勻齊。

　　品賞君山銀針，要以玻璃杯沖泡，開水一沖下，茶葉從杯

底全面衝向水面，懸空掛立，如萬筆書天；芽身芽蒂吸水後，徐徐下沉，豎立於杯底，似春筍出土，芽葉一起一落，三浮三沉，水光芽影，渾為一體，令人賞心悅目。茶湯呈杏黃色。

君山銀針在清代乾隆皇帝時即為貢茶，稱為「貢尖」。1957年正式定名為「君山銀針」。君山茶場設立於1952年，據49年即來此工作的張彤邁經理敘述，當初茶園不到三公頃，經過數十年的開發，目前已有二十多公頃，約佔全島面積的1/4。

君山銀針能維持市場的高貴身價有幾個因素：產量嚴格控制，屬於特號的銀針，每年僅生產100多公斤。加工方法複雜，不容易模仿、擴散。玻璃杯中的景觀特點，是其他任何茶葉所無法比類。神祕的傳說故事，引人入勝。因此一市斤500克的市場售價能維持在人民幣1000元以上，平均售價之高是中國十大名茶之最，有「茶蓋中華，價壓天下」的說法。

君山銀針成品分為三級，特號、一號、二號。是在加工完成後，按照芽頭肥瘦、曲直，色澤亮、暗進行分級。壯實、挺直、亮黃者為特號；瘦弱、彎曲、暗黃者為次。根據莊晚芳教授的說法，君山銀針就是小說紅樓夢中的「老君眉」茶。

黃山毛峰是皇帝欽點的貢品茶

　　黃山毛峰為歷史名茶，屬於綠茶類。產地在安徽省黃山區。是中國十大名茶之一，創製於清光緒年間，歷來宮廷點名黃山毛峰為貢品茶，一直到近代仍是饋贈國賓的禮品茶。

　　黃山毛峰的品質特徵是：乾茶外形，捲曲成條，白毫顯露，顏色綠潤，沖泡時，在透明玻璃杯中，芽葉豎直懸浮於湯中，然後，徐徐下沉，芽挺葉嫩，黃綠鮮艷，霧氣結頂。香氣清高似白蘭，擴散後，留香滿室，繞樑不絕。滋味醇爽甘甜，嘗一口，頓感渾身輕健，心舒眼明。湯色淡黃明澈，多次沖泡仍有餘香，沁人心肺。葉底嫩黃，肥壯成朵。根據這些特徵來認定是否為極品的黃山毛峰茶。

　　至於為什麼稱為「毛峰」，民間有這樣一個傳說：古時候黃山腳下住著一位老獵人，他精心養了一隻毛猴，有一天出外打獵，這位老先生看到峭壁上長著一棵鬱蔥蔥的茶樹，這隻毛猴攀爬上去摘下鮮葉，老先生製作成茶葉，沖泡喝了提神舒暢，香氣滿室，非常歡喜，老先生看了這些形如雀舌，片片茶葉上都有一層白毫，與毛猴的茸毛相似，於是就稱這種茶為「毛峰」。

根據《中國名茶志》轉
載：黃山毛峰是清代光緒年
間謝裕泰茶莊所創製，每年
清明時節採製，以黃山風景
區的桃花峰、雲谷寺、慈光
閣和岡村、充川等地的品質
最佳。

黃山毛峰產品分四級，特級、一級、二級、三級。特級又分上、
中、下三等，一至三級各分兩個等。黃山毛峰與其他毛峰最明
顯不同的兩大特徵是「金黃片」和「象牙色」。沖泡黃山毛峰，不
能以陶器茶具，更不能用紫砂壺，最好以透明的玻璃杯，也可
以用瓷器蓋碗，水溫在80℃左右，浸泡3分鐘之後，清澈帶杏黃
色或象牙色的茶湯，飄溢著清高的白蘭香氣，令人陶醉。

黃山毛峰，名聞海內外，但是，真正的極品黃山毛峰不易
買得到，在開放的市場經濟時代，仿冒偽劣的贗品充斥，魚
目混珠的情形，所在多有。1995年6月15日第一次陪幾位朋友
到黃山旅遊考察時，在一家旅遊商場買了數包標明黃山毛峰

的茶葉，回來後，一經沖泡試飲，幾位朋友一致鑑定是劣級品，並非道地的黃山毛峰，得此經驗教訓後，奉勸愛茶人，除非當場試泡，經過審評確認，否則千萬不可在風景遊覽地區隨便購買所謂名茶。

世界三大高香茶之一的祁紅

「祁紅」是祁門工夫紅茶的簡稱，產於中國安徽省祁門縣，創造於1875年（清光緒元年）。根據史料記載：安徽黟縣人余幹臣自福建罷官回籍，因為在福建認識到銷售紅茶可以獲利，有意經營茶葉生意，乃在至德縣開設茶莊，並仿效閩紅的製法，試製紅茶成功，在此之前，祁門一帶都是製造綠茶，余幹臣於是勸誘茶農製造紅茶，並高價收買茶戶所做的紅茶，由於銷路好，價格高，茶農紛紛響應改製紅茶，逐步形成了祁門紅茶茶區，這便是「祁紅」的由來。

祁紅所以能成為後起之秀，享譽海內外，這跟祁門地區的優越自然環境有關。此地茶農更不斷追求製造工藝的提昇，使祁紅的內質香氣在全國各種紅茶中，獨樹一格，終至成為中國十大名茶之一。由於祁紅廣受市場青睞，產區逐漸擴大，除了祁門縣及毗鄰的石台縣、東至縣、貴池市、黟縣、黃山區（舊稱太平縣）等地區外，就是江西省的景德鎮市，也屬於祁紅茶產區。唐朝白居易的一首膾炙人口的詩《琵琶行》，「門前冷落車馬稀，老大嫁作商人婦！商人重利輕別離，前月浮梁買茶去」。這的「浮梁」就是現在的景德鎮市，一千

多年前就是茶業市場了，只是當時還沒有紅茶的產品罷了。

「祁紅」在台灣的知名度也很高，市場潛力不小。我曾撰寫《論祁門紅茶在台灣的市場》的問卷調查，根據調查結果，有88％的台灣人知道祁門紅茶，有11％的人喝過祁紅，可見祁紅的知名很高，但由於台灣和大陸之間茶葉流通不便，以致喝過祁紅的人僅11％，將來兩岸三通之後，祁紅的市場勢必看俏。

祁紅的特徵：乾茶外形條索緊秀，鋒苗好，色澤烏黑泛灰光，俗話稱「寶光」；開湯之後，香氣濃厚持久，宛如蜜糖香，又隱含有蘭花香氣；滋味醇厚甘美，耐人尋味；湯色紅艷，在茶湯的最上層會出現一層金黃色像牛油般清澈的美麗毫光；葉底嫩軟、紅亮。紅茶愛好者特別把祁紅的香氣稱為「祁門香」，認定是具有地域性的獨特香氣。因此，祁紅被譽為「王子茶」，被美稱為「茶中英豪」、「群芳最」。為了領略祁紅的特殊風味，最好以瓷器茶具沖泡，不加奶精，不加糖及其他任何配料，清飲祁紅最佳。由於，祁紅的獨特風格，

至今仍然是中國工夫紅茶市場中售價最高，出口國際市場最多的高級紅茶，且在國際市場上，祁紅和印度大吉嶺紅茶、斯里藍卡烏伐的季節茶，並列為世界三大高香紅茶。

六安瓜片是片茶不是「騙茶」

　　六安瓜片是中國十大名茶中較為特別的綠茶。創製於清朝末葉的1905年，茶葉外形似瓜子，成片狀，所以叫「瓜片」，又因為這種茶葉，早期以六安縣為集散地，於是稱為「六安瓜片」，主要產地是安徽省六安縣、金寨縣、霍山縣等，1979年六安設市，金寨縣、霍山縣都屬六安市的市級縣。

　　六安瓜片的產區是位於皖西的大別山支脈齊頭山北麓，屬於淮河水系，海拔100至600公尺，年平均氣溫僅14.5℃左右，海拔雖然不是很高，但是相較於其他產茶區則緯度較高，已是高海拔茶區的氣候，具有產製名茶的條件。

　　六安瓜片的製法，只有春茶才能採製瓜片，以春茶的一～二片嫩葉長到開面時採摘，剔除茶梗和芽頭，並掰下嫩葉和老葉成一片片，嫩片和老片分別以小帚精心炒製而成，因單片形似葵瓜子，原稱瓜子片，叫得順口了，就成瓜片。

　　六安瓜片，外形自然平展，葉緣微翹，不帶芽尖、茶梗；乾茶色澤翠綠起霜有潤；湯色清澈透亮；香氣高爽；滋味鮮醇回甘；葉底綠嫩明亮。依地形山勢高低，分為「內山瓜片」

和「外山瓜片」兩個產區。內山瓜片產區有金寨縣的響洪甸、鮮花嶺、龔店；六安市的黃澗河、獨山、龍門沖；霍山縣的諸佛庵等地，海拔300公尺以上的山區。外山瓜片主要產區在六安市石波店、獅子崗、路家庵、龍井、石板沖、青山、石堰等地。內山瓜片的產量和價格，在市場上都較外山瓜片略高。

六安瓜片的等級，過去是根據採製季節分為三個品類，穀雨前，即4月20日以前開園新梢已經形成「開面」，採摘對口第二、三葉製成者品質最優，稱為「提片」；穀雨之後採製者，稱為「瓜片」；立夏之前接近5月5日採製者，稱為「梅片」。現在僅分為兩部分，穀雨以前所採製的最優，是六安瓜片的極品，稱為「名片」，「名片」分為特等、一等、二等，主要產區在齊雲山周圍的山場。其他無論是內山瓜片或外山瓜片都分為一級、二級、三級、四級，每級再分一、二等。

六安瓜片，在中國名茶中獨樹一格，其採摘、扳片、炒

製、烘焙的技術，都有獨到之處，是許多其他名茶所無法相比，其市場銷路和產品價格上，一直是令人羨慕的名茶，目前是商品經濟時代，片茶生產方式已經無法適應新的發展形勢，於是，仿冒偽劣的六安瓜片充斥市場，嚴重損害了正統的名茶六安瓜片，正宗的六安瓜片很難在市場買到，因而流傳著「片茶」是「騙茶」的說法，令人痛心。

讓人戀戀不捨的太平猴魁茶

太平猴魁，屬於綠茶類，產於皖南地區的安徽省太平縣，1987年太平縣併入黃山市而改為黃山區。猴魁主要產地是在太平縣的太平湖上游猴坑，此地三面臨水，一面連山，由鳳凰尖，猴形尖，雞公尖三峰構成的鼎形高山，海拔約777公尺，山巒疊翠，終日雲霧繚繞，位居北緯30°0'～30°26'，東經118°04'～118°21'。屬副熱帶季風氣候，四季分明，雨量充沛，濕潤溫暖，日照較少，小氣候特點顯著。

太平猴魁名稱的由來，據記載：猴魁創製於清朝末年，南京江南春茶莊在安徽太平縣設茶號收購當地尖茶，揀出幼嫩芽葉作為優質尖茶出售很受歡迎，而猴坑茶農王魁成，在鳳凰尖茶園選肥壯、幼嫩的芽葉，精工細製而成「魁尖」。由於，猴坑所產的魁尖，風格特殊，質量超群，特別冠上地名猴坑，而成「猴魁」，魁又是魁首意，也就是極品，所以「猴魁」之名有多重意義。製作猴魁的原料，必須選擇一芽二葉的「尖頭」鮮葉，尖頭要求芽葉肥壯，勻齊整枝，老嫩適度，葉緣背卷，且芽尖和葉尖長度相當，以保證成茶能形成「二葉抱一芽」的外形。

太平猴魁茶外形：兩葉包芽，平扁挺直，自然舒展，白毫隱伏，有「猴魁兩頭尖，不散不翹不卷邊」之稱，芽葉肥碩、重實、勻齊；色澤蒼綠勻潤，葉脈綠中隱紅，俗稱「紅絲線」；香氣高爽有蘭香；滋味醇厚回甘，有獨特的「猴韻」；湯色清綠明澈；葉底嫩綠勻亮，葉芽成朵肥壯。品飲時能領略到「頭泡香高，二泡味濃，三泡、四泡幽香猶存」。猴魁的分級是按品質劃分，分三檔：上魁、中魁、次魁；其次統稱為尖茶，分六級十二等。選購猴魁時要特別注意產地，太平猴魁僅限於猴坑一帶所產，數量不多，其他地方山場所產者為太平魁尖。魁尖與猴魁製法基本相同，外形與猴魁也相似，但品質是有差距的，如果不仔細識別，很容易被以假亂真。

品飲猴魁，宜用較寬廣的透明玻璃杯或瓷質的蓋碗，以開水沖泡，三分鐘之後就可品賞，極品猴魁，雖一再泡飲，三泡仍然有餘香，猴韻令人回味，使人戀戀不捨。

我於1991年12月25日到安徽考察訪問，在陳椽教授陪同

下，由中國茶葉進出口公司提供一罐太平猴魁，那引人入勝的特質，至今仍能深刻地記憶在腦海，而今，卻很難在市面上買到道地的太平猴魁，實在讓人惋惜！

細茶做得更講究為毛尖茶

　　信陽毛尖，屬鍋炒殺菁的特種烘菁綠茶。產地在河南省信陽地區，主要產地位於信陽縣南部山區和羅山縣部分地區，所謂五山二潭的車雲山、雲霧山、集雲山、天雲山、連雲山、黑龍潭、白龍潭。茶區分布海拔300到500公尺，多雲霧、霧日多的山區。信陽毛尖是在1959年被列為中國十大名茶之一。

　　信陽毛尖的由來甚早，信陽產茶始於東周時代，而毛尖的生產則是肇始於明代罷造龍團改製散茶，因製造散茶時將老葉和芽葉分別製造，老葉製造出來的茶葉稱「葉茶」，也稱「粗茶」；芽葉製造成的茶葉稱「芽茶」，又叫「細茶」。到了清代製茶技術更為進步，將「細茶」做得更講究，條索緊細有鋒苗，白毫顯露，取名為「毛尖」。

　　信陽毛尖的炒製工藝兼具有六安瓜片和西湖龍井的製造技術，殺菁採用炒帶，是六安瓜片茶的炒法，而炒條時使用理條手法，又是西湖龍井茶的炒法。其具體過程是這樣，將採摘下來的鮮葉經過適當的攤放，然後進行炒製，分生鍋和熟鍋兩次炒。將鮮葉投入斜鍋中，用竹茅扎成束的掃把有節奏

地挑動炒，經過3～4分鐘，鮮葉變軟，用掃把末端掃攏葉子，在鍋中呈弧形地團團抖動，使葉子初步成條。這個過程主要是殺菁和輕揉。而炒熟鍋是以掃把呈弧形來回抖動，使茶成緊條和理條而達到茶葉外形緊、細、

直、光。經過炒生鍋和炒熟鍋之後，將茶葉攤放在焙籠上，經過半小時，再放到坑灶上烘焙，烘焙的溫度設在80℃左右，每隔4～5分鐘翻葉一次，茶葉約九成乾時，傾倒出來攤涼，約經過5～6小時攤涼後，再以約50～60℃的溫度進行「足烘」，足烘時，每隔約5分鐘翻一次，烘至完全乾燥後，揀剔去片、去梗。如此，才完成優質的信陽毛尖茶。

信陽毛尖茶的外形：細緊圓直，多白毫，有鋒苗；色澤翠綠光潤，白毫顯露；湯色淺綠明淨；香氣清高持久，具有熟板栗香；滋味醇厚回甘；葉底芽葉勻稱完整成朵。

信陽毛尖依品質優次，分為特級、一級、二級、三級、四級、五級、六級外，每級又分二個等。選購信陽毛尖時需要具有茶葉的專業知識，否則不容易買到特級品，因為信陽毛尖產區遼闊，都稱信陽毛尖，但普遍認為以出產於車雲山，海拔800公尺以上者，品質最佳。

鳳凰單欉工夫茶

　　鳳凰單欉茶屬於烏龍茶類。產自廣東省潮州市潮安縣鳳凰山。潮安縣舊稱海陽縣，位於韓江三角洲平原與山地的過渡地段。歷史上潮安茶區集中於北部山區丘陵台地，現今的鳳凰鎮，即是久享盛譽的鳳凰單欉名茶產地。

　　鳳凰單欉是鳳凰水仙種的優異單株。鳳凰山水仙種是一個資源類型複雜，熟期遲早不一，葉片形態殊異的地方群體品種，各個單株形態或品味各具特點，自成品系（株系），選用單株採收、製造出來的成品茶稱為「單欉」。

　　水仙品種，適合製造烏龍茶，所製作的茶葉質美而味厚，但因水仙種產地不同，命名也有區別。福建北部所產水仙按照閩北烏龍茶的採製技術製成條形烏龍茶，稱為「閩北水仙」。福建南部永春縣所產水仙種按閩南烏龍茶的採製技術製成自然彎曲的半球形水仙，稱「閩南水仙」。武夷山所種的水仙種按武夷岩茶的採製技術製成烏龍茶，稱「武夷水仙」或「水仙」。

　　廣東省水仙種原產於潮安縣鳳凰山，所以稱為鳳凰水仙，

以烏葉型和白葉型為主。目前，廣東省農科院茶科所已育成黃葉型和黑葉型兩種。鳳凰水仙種又稱廣東水仙種，半喬木型，樹姿直立高大或半開張，分枝粗壯較疏，頂端優勢強，是屬於中大葉種。所採製的烏龍茶外形是屬條形烏龍茶，也稱作「鳳凰水仙茶」。

鳳凰水仙以有性群體繁殖，若選用其優良單株栽培、採製者，即稱「鳳凰單欉」。實際上，鳳凰單欉是眾多優異單株的總稱，現今的鳳凰單欉有八十多個品系（株系）。1988年，鳳凰單欉已被廣東省農作物品種審定委員會認定為茶樹優良品種。

鳳凰茶原稱「鳥嘴茶」，1956年正式定名為「鳳凰水仙」。傳說此茶是宋代時由一隻彩鳳銜來一束茶枝，繁衍而成株株茶樹，這也是「宋種」茶樹的由來。也有一說是此茶葉尖略彎曲，狀似鳥嘴而稱「鳥嘴茶」。至於，「宋種」的茶樹，生長在海拔1,000多公尺的烏崬山李仔坪村草坪地石頭山上。此地，至今仍生長著一批最古老茶樹，其中一株稱之為「傳樹葉」的大茶樹，樹齡已逾400年，生機蓬勃，滿樹蒼翠。

鳳凰茶的品質檔次分為單欉、浪菜、水仙，每一檔次又分成若干級次。而鳳凰單欉茶品質極佳，成茶被譽為具有「形美、色翠、香郁、味甘」四絕，形、色、香、味的內質都有特點。鳳凰單欉茶，外形條索挺直肥壯；色澤黃褐呈鱔魚皮色，油潤有光；湯色清澈澄黃，沿碗壁顯露金黃色彩圈；香氣濃郁持久，具有天然花香；滋味醇厚回甘，具有特殊的山韻蜜味；葉底厚軟，邊緣朱紅、葉腹黃亮，「三分紅七分綠」，所謂「青蒂綠腹紅鑲邊」，有極耐沖泡的底力。

鳳凰單欉茶，以潮州工夫茶的泡法品飲，首泡濃香撲鼻，雖經十泡，仍有餘香回味，深受海外華僑喜愛。

十大名茶外一章金寨翠眉

　　金寨是安徽省的一個縣，行政區域屬於六安市，位置在安徽省的西部，緊鄰河南省。可能很多人對此縣還很陌生，在漢代時為雲婁、安豐縣地，宋朝時設置六安縣，在1932年代國共內戰時期曾經設置為立煌縣，屬於河南省，1933年改屬於安徽省。共產黨佔領該地後才改名為金寨縣。

　　金寨翠眉是新創名茶，1986年創製之初命名為「金寨龍芽」，87年在安徽省名優茶評比時被評為省優名茶，並且因為外形似畫眉，主要產地於齊雲山，著名茶學專家陳椽教授譽為「齊山翠眉」。由於品質優良，此茶葉很快的擴大增產，1996年安徽農業大學教授王鎮恒建議改名為「金寨翠眉」。

　　金寨翠眉，外形似畫眉，纖秀翠綠，白毫披露；湯色綠艷明亮；香氣若蘭似蕙，幽香清高；滋味鮮厚，爽口而有回味；葉底嫩黃勻亮。沖泡金寨翠眉時，杯面霧氣凝聚如雲海般，然後慢慢冉冉升起，經久不散；杯底如刀槍劍林，風味別具一格。是形、色、香、味俱佳的高檔綠茶，品飲此茶，令人悠然陶醉，是為茶中精品。

此茶的製造工藝比較其他茶葉的要求更為嚴謹，從採摘茶葉的原料鮮葉起就與眾不同，每年春茶開園時，春梢一片葉展開即採，以採摘無病蟲害，無紫色芽，不含茶梗，大小勻稱之二厘米的纖細芽頭為標準，500克茶葉原料需要15,500個芽頭，經過炒芽、毛火、小火、足火等四道工序，精工細做，才完成金寨翠眉旳名品。因此，無論外形、香氣、滋味和口感都深受消費者的喜愛。金寨翠眉雖然創製的時間不久，聲勢已經直逼歷史悠久的中國十大名茶。

金寨縣位於大別山麓，屬於亞熱帶濕潤性季風氣候區，四季分明，氣候溫和，雨量充沛，主要產茶區在齊雲山一帶的大別山餘脈，自然環境得天獨厚，現有茶園面積約一萬公頃，金寨翠眉的產地是齊雲山、抱兒山、五猴山一帶，成片集中在響洪甸、油坊店、青山、張沖、燕子河、天堂寨、張畈、水竹坪、古碑等鄉鎮。其他鄉鎮也開闢許多新茶區，近年來，在地方政府和茶界人士積極努力下，除金寨翠眉為主要名茶之外，也創製推出「金寨蘭香」、「金寨玉珠」、「金寨雲峰」、「金寨名片」、「金寨雨露」等茶葉，臨近地區的

歷史名茶六安瓜片、霍山黃芽等，在市場銷售上，反而不如金寨翠眉來的活絡。

　　「金寨翠眉」的包裝大多以方形鐵罐為主，高檔的則外套彩色印製禮盒，市場價格與中國十大名茶不相上下。傳統名茶如果不精益求精，恐怕將成為有名無實的空殼子了！

活甘清香的武夷岩茶

　　武夷岩茶，屬於烏龍茶類，產於福建省武夷山茶區，主要產區位於武夷山慧苑坑、牛欄坑、大坑、流香澗、悟源澗一帶。

　　武夷山是福建省和江西省分隔的武夷山脈支脈。武夷山素有「奇秀甲東南」之稱，屬丹霞地貌，岩峰聳立，劈地而起，岩壁赤黑相間，秀拔奇偉，群峰連綿，翹首向東，勢如萬馬奔騰，堪為奇觀。澄碧清澈的九曲溪，迂迴其間，九曲十八彎，山回水折，「曲曲山回轉，峰峰水倒流」。沿溪兩岸，群峰倒影，盡收碧波之中，山光水色，交相輝映。「好山、好水、出好茶」，「茶以山名，山以茶而名」，武夷茶的出現，更為「碧水丹山」之鄉，增添幽美的詩情畫意。

　　武夷山選育而成的優良茶樹，採單株培育，單株採製，稱為「單欉」。單欉中，品質特別優異者，稱為「名欉」。而岩茶的形成，乃因武夷山處處懸崖絕壁，深坑巨谷，茶農利用其間岩凹，石隙、石縫，沿邊砌築石岸，構築「盆栽式」茶園，俗稱「石座作法」、「岩岩有茶，非岩不茶」，於是「岩

茶」因此而得名。又武夷山方圓60公里，全山36峰，99岩，都有栽種茶樹，產於武夷山的烏龍茶，即通稱為「武夷岩茶」。

武夷岩茶，因產茶地點不同，又可分為正岩茶、半岩茶和洲茶三種。正岩茶是指武夷岩中心地帶所產的茶葉，岩韻特別顯著，香氣濃郁、滋味醇厚。半岩茶是指武夷岩邊緣地帶所產的茶葉，香味較次，岩韻不如正岩茶顯著。洲茶是指崇溪、九曲溪、黃柏溪等溪邊靠近武夷岩兩岸所產的茶葉，品質不如正岩茶、半岩茶的有特色。

武夷岩茶，按產地、品種、品質，分為奇種和名種。奇種又分單欉和名欉。單欉是選自武夷山原始菜茶中生長優良的若干欉，分別採製而成，並按茶樹生長環境，形態、葉形、葉色、發芽時間等命名。名欉：是從數百種單欉中選最優秀、品質有獨到的單欉，分別採製而成，冠以相應名稱，最著名的四大名欉是：大紅袍、白雞冠、鐵羅漢、水金龜。至於名種是採自半岩茶和洲茶而來，僅具岩茶的一般標準。武

夷岩茶所以馳名世界，和武夷名欉是分不開的。

　　武夷岩茶的泡飲，也要特別講究，根據《隨園食單》記載：「杯小如胡桃，壺小如香櫞，每斟無一兩，上口不忍遽咽，先嗅其香，再試其味，徐徐咀嚼而體貼之」。開湯第二泡才顯露香氣，香氣馥郁持久，勝似蘭花；滋味濃醇清活，生津回甘，雖濃飲而不苦澀；外形條索壯實、勻整；乾茶色澤青褐潤亮，呈「寶光」，葉面青蛙皮狀，有沙粒白點，俗稱「蛤蟆背」；葉底呈「綠葉紅鑲邊」。武夷岩茶的風韻可以四個字來概括「活、甘、清、香」。

雪芽芳香都勻生的毛尖茶

都勻毛尖，屬綠茶類，產於貴州省黔南布衣族、苗族自治州的都勻縣。都勻毛尖又名「白毛尖」、「細毛尖」、「魚鉤茶」。

　　中國西南茶區和東南茶區，自清明到立秋都可採茶，穀雨之前所採製的茶葉，稱「雨前茶」，細者為「毛尖茶」，品質最佳。都勻茶場為恢復歷史名茶，1949年後，恢復毛尖茶的生產，1968年春，改進採製技術，於1972年研製成功，正式宣布推出形質優美的都勻毛尖茶。

　　都勻毛尖茶特別重視採製工藝，原料的採摘標準為一芽一葉初展，長度不得超過2.0厘米，炒製500克高級都勻毛尖，約須5、6萬個芽頭，與洞庭碧螺春接近。毛尖茶的特色是「三綠透三黃」，即乾茶色澤綠中帶黃，湯色綠中透黃，葉底綠中顯黃。這些特色都需要高超的製造工藝才能達成。炒製毛尖茶，完全靠一雙熟練的手，技巧的在鍋內炒製，一氣呵成。具體的工序是：殺菁：將採回的芽葉經過揀剔，去除魚葉、葉片等不符合要求的部分，攤放一～二小時，表面水分蒸發乾淨後進行殺菁，鍋溫120～140℃，投葉量500～700克，將抖悶手沾結合，以雙手翻炒的手勢，做到抖得散，翻得勻，殺得透，當葉質變軟，透露清香時，即降低鍋溫至70～80℃，進入揉捻的工序。

揉捻：揉時長，用力重，是毛尖茶揉捻的特點，也是毛尖茶味濃的因素之一。以單手重力將茶葉左右推揉成條，當達到五成乾，細胞充分破碎時，即轉入搓團提毫的工序。

　　搓團提毫：在鍋溫50～60℃的情況下，以雙手合握茶葉旋搓，搓成茶團，抖散炒乾，直到茶葉七成乾，改用雙手捧茶，壓搓茶條，邊搓邊炒，搓炒結合，搓至白毫豎起，茶葉已到八、九成乾，鍋溫降到50℃，將茶葉薄攤於鍋中，以輕巧翻炒動作，使茶葉足乾裏外乾度一致，香氣更高。

　　都勻毛尖，乾茶外形條索緊結纖細、卷曲、披毫。色澤綠翠。湯色清澈。香氣清嫩高爽。滋味鮮濃，回味甘甜。葉底嫩綠明亮、芽頭勻整。恰如莊晚芳教授詩作所云：雪芽芳香都勻生，不亞龍井碧螺春；飲罷浮花清鮮味，心曠神怡似神仙！

　　都勻毛尖的外形和內質頗似洞庭碧螺春，唯仔細觀察仍有區別，乾茶色澤較洞庭碧螺春翠綠，白毫則不如洞庭碧螺春充足；只有花香，又不如洞庭碧螺春花香果味兼具。由於，洞庭碧螺春市場價格較都勻毛尖高，因此有少部分的茶莊以

都勻毛尖冒充洞庭碧螺春，雖然賺得多一點利頭，但是長遠來看，影響都勻毛尖的發展很大，使都勻毛尖一直無法提昇自己的地位，最後可能失去自己的名號而在市場消失，只留得仿製洞庭碧螺春的惡名而已，盼望都勻毛尖自己要爭氣，走上發展自己的道路，才能真正接近成為中國十大名茶之一。

甜配綠、酸配紅、瓜子配烏龍

大家都說喝茶好，但是，有幾個人知道喝什麼茶該配什麼食物呢？

吃什麼食物配什麼茶，無論是傳統經驗的食物相剋道理或是科學分析的營養學根據，茶中所含的複雜成份和不同的食物混合，都會引起不同的作用。因此，喝茶的人，對什麼茶和什麼食物相配會起有益的作用，那些茶和那些食物相配會起有害的作用，都應該要有所瞭解和認識，不能夠一年365天，天天喝同一樣茶，不管吃什麼東西都是配那種茶，不分青紅皂白，喝茶是會喝出毛病的。

那麼食物和茶要怎麼搭配呢？比如說，吃完牛肉麵應該喝什麼茶？吃了海鮮、魚蝦後該喝什麼茶呢？這真是「大哉問」呀！大家都說茶好，但是，有幾個人知道茶與食物搭配的關係呢？我們一起來探討吧！

大概的說，吃牛肉麵時宜於喝綠茶或包種茶。因為牛肉麵含熱量高，而且牛肉麵大多是辣的，吃後容易渾身發熱、滿頭大汗，這時候喝比較清寒的綠茶或包種茶能起到調和與平衡作用。

吃雞鴨肉類時喝烏龍茶比較能調和味道，雞鴨肉和烏龍茶搭配的風味特別好。

至於吃海鮮魚蝦類含磷、鈣豐富的食物時，最好不要喝茶，因為茶中含有的草酸根容易和磷、鈣形成草酸鈣和磷酸鈣的結石症，累積下來不容易排出體外，將會危害身體的健康。

用餐時與茶的搭配也需要注意幾項原則：

一、餐前適合喝普洱茶或紅茶。餐前原則上是空腹，空腹喝刺激性強茶會引起心悸、頭昏、眼花、心煩的現象，俗稱茶醉，同時也會降低血糖，讓人更感覺到飢餓，喝普洱茶或紅茶，一般會加些奶精、糖類或檸檬，適時補充熱量，緩和飢餓，且紅茶、普洱茶的深紅湯色及沉穩香氣能促進食慾，培養等下進餐時的好胃口。

二、餐後適合喝烏龍茶、綠茶、花茶類。這類茶比較重香氣，餐後喝，能帶來輕鬆愉快的氣氛。

三、無論是餐前喝茶或是餐後喝茶，最好能和餐飲時間相隔半個小時，才能真正達到飲茶健康的最好效果。

至於，休閒時候喝茶，搭配茶食的原則可概括成一個小口訣，即「甜配綠、酸配紅、瓜子配烏龍。」所謂甜配綠：即甜食搭配綠茶來喝，如用各式甜糕、鳳梨酥等配綠茶；酸配紅：即酸的食品搭配紅茶來喝，如用水果、檸檬片、蜜餞等配紅茶；瓜子配烏龍：即鹹的食物搭配烏龍茶來喝，如用瓜子、花生米、橄欖等配烏龍茶。

把壺賞藝篇

功夫茶還是工夫茶？

工夫與功夫是相輔相成的，您有工夫才能練出功夫。
因此，我們說工夫茶也是功夫茶，你以爲呢？

魯迅說的好：「有好茶喝，會喝好茶，是一種清福。不過，要享這清福，首先就必須有工夫，其次是練出來的特別感覺。」也就是說：喝茶需要有工夫，也需要有練出來的功夫。

所謂工夫，就是指時間。工夫茶是指需要有時間來慢慢細品深嚐的茶。這個時間並不是指1小時、2小時的時間，而是指放下心來，拋開俗世的牽掛，忘記了時間，靜靜的享受茶，所以茶藝館裏是不掛時鐘的，若是一面品茶，一面看時間，一面惦記著，還有五分鐘就要趕車了，還有三分鐘就要上班了，這樣的心情是不能喝茶的，就是喝茶也不會是清福。

至於功夫，是指技藝、造詣。功夫茶是指使用小巧精緻的茶具，遵循一定的程序和禮儀來沏茶、品茶的一種飲茶方式，所以泡壺好茶是需要有本領、有技術的。

「條條道路通羅馬」，但是，只有一條是最經濟又最安全、最快速到達羅馬的道路，聰明而有智慧的人懂得找尋這條道

路。我們練就泡茶的功夫，就是找尋這條最經濟又最安全、最快速泡好一壺茶的技術。

但學會了泡茶的技術，並不等於能享受一杯茶，要能享受一杯茶了，才會真正泡好一壺茶，也才能探知茶的佳妙之處，從而達到最高的茶藝境界。

喝茶、品茶時，要放下心來，氣定神閒的專注在茶事上，品茶有一條規定，「不談與茶無關的事」，在茶會時，只能談論茶的品味、典故、趣事、習俗等風雅之事，不可高談政府改組、人事安排、外交謀略、股票漲跌等世俗之事，這樣不僅掃興，還可能引起辯駁、爭議，造成不歡而散。

有人會問，喝茶、品茶要費這麼大的工夫，在現代社會，大家這麼忙，不是沒有辦法喝茶了嗎？其實不然，喝茶不僅不會浪費時間，而且還能賺得時間。您相信嗎？願試試嗎？下次當您忙碌、煩躁時，不妨暫停工作，騰出幾分鐘來，專心的喝杯茶，您會發現在清幽的茶香中，心情漸漸寧靜了，煩躁漸漸沉澱了，頭腦愈來愈清明了。休息是為了走更長遠

的路喝完茶再出發時，您將更有步驟，更有效率，這不是賺得時間嗎？

　　工夫與功夫，是相輔相成的，您有了工夫才能練就出功夫來，您又必須有了功夫才能賺得時間來。因此，我們說工夫茶也是功夫茶，功夫茶還是工夫茶。

選購茶壺是買福氣

有了茶壺就有了福氣，送給別人茶壺也就是送給別人福氣。

　　選購茶壺，首先要確定您買壺的目的，若是為了收藏，則要買名家製作，年代久遠的古董壺；若是為了觀賞、擺設用，那就得選購造形特別出眾，和擺設場所相搭配的壺。至於一般人買茶壺，大多是要買來泡茶，即所謂的實用壺。那麼就得考慮壺的大小是否恰當，準備用來泡什麼茶，價格是否合理等現實問題了。

　　因此，在選購實用壺的時候須注意的事項有下列幾點：

　　1.壺的各部分是否有缺損？ 2.壺蓋與壺身是否密合？ 3.壺的內外有無土味、異味？ 4.裝水試倒，是否水流如注？ 5.質地是否細膩，觸感是否舒服？根據這五項條件來買壺就可以買到令你滿意的壺了！

　　茶壺的製作形態，一般分為三大類。一類是仿自然物的形態；一類是仿幾何圖形的形狀；另一類是仿自然物和幾何圖形的綜合創作。無論是那一類創作的壺，要稱得上是一把好壺，可從兩方面來看：

一、功能方面：1. 泥質要好。泥質有千百種，它的肌理和色澤各有個性，依其火度燒結成壺，泥質直接影響茶壺的好壞，好的泥質不會有土味。2. 坯體宜薄。壺體的厚薄影響蓄熱時間的長短，也影響茶葉發茶的效果。3. 蓋要密。蓋密能團肚，有縫則走氣。4. 沿要平。沿就是承蓋之處，沿承密平，內水不外流，斟茶時不會潑水搶流。5. 流要順。流是壺嘴至壺身的部分，好的茶壺，水流三寸不波濤。6. 嘴要停。流之唇為嘴，停水乾淨，收勢利落是為好壺。7. 提要穩。提是手把，提穩斟茶不偏。8. 足要柔。足即是壺底，是壺身的收勢，也是茶壺立身於方台的地方，壺足圓柔，則不傷方台；而幽柔則耐久看。

二、形態方面：若具有下列十項條件是一把好壺了，1. 構思巧妙。2. 比例合度。3. 手工精美。4. 栩栩如生。5. 渾然成物。6. 線條優雅。7. 質適火候。8. 高人鈐記。9. 寓文於藝。10. 蒼潤如玉。

一把茶壺本來是講求實用功能的，如果在形態上又能合乎十項條件，必然顯示出高妙的氣勢，敦厚的韻味，增添茶藝

生活的情趣，那麼這把壺就是一件不可多得的好作品了。

　順便也提醒選購茶壺時的一些小動作。1. 取壺、選壺時一定要放在有絨氈軟布的托盤上或桌面上，以免閃失而折損。2. 取壺、提壺一定要一手按住壺蓋，另一手護著壺，不可拿壺在空中交手。3. 不可以壺蓋或硬物敲擊壺身。4. 細看茶壺時，先將壺蓋拿開，放在桌面適當地方，看壺時不可離開桌面，這些動作一方面是對壺的尊重，另方面也確保愉快和諧的交易。

　選購茶壺是一件雅事，交易不成，留下好印象，也是一種「壺氣」。

茶與壺需要門當戶對

門當戶對是龍交龍、鳳交鳳的道理，
搭錯線、吃錯藥，容易造成不良的結果。

　　如果您擁有好的茶葉，卻沒有適當的壺來沖泡，那是一件遺憾的事。每一種茶各有其不同的特性，什麼茶需要配以什麼壺是需要講究的。因為，一把好壺就是一首詩，它含蓄深邃的意境給人無窮的回味，而這首詩，就是闡釋好茶的。所以，有這樣詩句：「小石冷泉流早味，紫泥新品泛春華」。可見，茶與壺是需要門當戶對的。

　　茶葉是水之父，壺是水之母。茶葉與壺好比是一對夫妻組成的茶藝家庭，夫妻配合得好，家中一定洋溢著幸福美滿，茶葉與壺搭配得好，沖泡出來的茶湯也一定是甘甜完美的。

　　一般來說，發酵低的茶葉，如綠茶、黃茶、白茶；或以嫩芽為原料製做的茶，如雀舌、東方美人茶等；或是重香氣的茶，如包種茶等，應該選硬度較高的壺來搭配。硬度高是指燒製的溫度高，如玻璃壺、瓷壺等，相對比陶器的硬度來得高。

　　發酵較高、揉捻緊結、重滋味的茶，或以較成熟的對口葉為原料製成的茶，例如：鐵觀音茶、烏龍茶、武夷岩茶等，就應該用硬度較低一點的壺來沖泡，如紫砂壺等陶器類。所

謂硬度的高低是依器皿的燒結溫度而定的。溫度愈高燒出來的器皿的硬度就愈高。而一般做為盛放飲食的器皿,以1,100℃以上的溫度燒結而成者比較安定、可靠;低於1,100℃燒成的器皿,是較不適於做為盛食物的容器的。

　泡茶用壺,一般分為四類;1.陶壺、2.瓷壺、3.石壺、4.金屬壺。當然還有其他類的壺。陶壺因為製造原料的差別,又分為砂壺、泥壺等;而砂壺、泥壺又因製造顏色的不同而有別;如泥壺分紅泥、白泥、黃泥、青泥等類;砂壺則有朱砂、紫砂、鐵砂等類。而一般泥類燒出來的壺硬度往往比砂類的高。於是,以陶壺來泡茶,又得注意它適合泥壺還是砂壺了!

陶壺與瓷壺的區別,可從五個方面來說明:
一、製作原料不同:瓷壺是瓷土(高嶺土);陶壺是黏土。
二、顏色不同:瓷壺為白色;陶壺是紅褐色、或其他顏色。
三、燒結溫度不同:瓷壺1,200℃以上;陶壺1,200℃以下。
四、硬度不同:瓷壺密度高,硬度高;陶壺密度較低,硬度也　　較低。
五、透光度不同:瓷壺透光;陶壺不透光。

至於，怎麼樣辨別硬度的高低呢?一般的方法是以一金屬棒輕敲壺身，發出來的聲音尖銳，就是硬度高，發出來的聲音低沉，就是硬度較低。

　　享受一杯好茶，不僅需要好的茶葉，還要有一把門當戶對搭配得當的好壺才行，品茶的君子，不能只顧著找好茶而忽視了壺的重要性。

正確養壺可以蒼潤如玉

玉不琢不成器，壺不養不得意

　　台灣的茶藝風氣已經盛行了將近20年，在此同時，茶壺的需求量也一併的大為增加，這種需求帶動了台灣壺業的發展，根據中華茶文化學會的統計：台灣七百多萬個家庭，平均每個家庭至少擁有一把小陶壺。因此，養壺的知識也顯得格外重要了。

　　對於茶人來說，壺是活是，需要培養才會成長。所謂「養」壺，簡單的說，就是用正確的方法使用茶壺。而一般所謂的養壺，是專指陶壺來說，瓷壺是不論的。因為瓷與陶的密度不同，瓷的密度大，吸不進茶汁，所以不能像陶壺那樣，只要經常用茶湯潤澤就會發生變化，使得壺面愈來愈溫潤光亮，這就是「養」。在你的用心培養下，壺會愈來愈美麗，而你也對它產生了不忍割捨的深厚感情。因此，茶人無不重視養壺，且視養壺為茶藝的一部分，也是茶人的一項修養。

　　怎樣養壺呢？陶壺可分為砂壺和泥壺兩種，砂壺適合泡重滋味的茶葉，例如：鐵觀音茶、烏龍茶、水仙、武夷岩茶等等；泥壺較適合泡重香氣的茶葉，例如：黃金桂、包種茶等等。養壺最重要的一項原則就是，一把茶壺只固定泡一種茶

葉，不要什麼品類的茶葉都用同一把壺來泡，那樣，雖然也可把壺養得光潤照人，但壺內五味雜陳，泡出來的茶湯可能走味，無法表現出茶葉真正的內質和香味來。

養壺的第二要項就是具體的步驟了：

一、新的茶壺有些會有窯味，即土味，可以先將乾茶置入壺內擺放一段時間後再來使用；再講究一點，就把壺放入乾淨的鍋內用茶葉和水以文火慢慢煮，為了預防水滾時茶壺發生碰撞損傷，可以將壺以紗布包裹，在鍋內放茶葉，壺內也放些茶葉；煮一把壺，約莫用4兩到半斤茶葉，煮二小時左右就足夠了。煮好後，壺不要立刻撈起來，再擺放4個小時左右，壺就可以撈起來，以熱水沖洗後晾乾，這把新壺即可以泡茶了。

二、每次泡茶之前，以滾水先溫壺，先將滾水倒入壺內，並讓水滿溢出來，蓋上壺蓋，再用滾水自壺蓋澆淋。然後，將壺內外的水倒入水盂內，在熱壺中置入茶葉，茶葉散發出香氣，叫做「開香」，這種茶壺具有潤香的作用。

三、泡茶結束後，兩個小時內，應該將茶渣清理乾淨。否則，茶渣會和空氣發生變化而產生餿味，影響茶壺的氣味而增加養壺的困難。茶渣清除後最好把茶壺用熱水沖淋乾淨，將壺蓋與壺身分開，擺放在以竹子編製容易透氣的壺架上，以壺口朝下的方式擺放。

四、乾燥的茶壺要經常以棉布擦拭，在壺的角落處，不容易擦拭的地方，以竹籤或牙刷清理茶垢，隨時保持茶壺的乾淨。

五、平時把壺拿在手中不斷的撫摸、盤壺，並以愛心、耐心、誠心、恆心、熱心、專心來對待茶壺，這把壺就會蒼潤如玉，光亮照人。

以上就是正確的使用茶壺的方法，也是養壺的方法。其他旁門左道以豬腳、排骨燉煮，塗油、打臘的壺，雖然也會光亮照人，但那種閃鑠的「賊光」，邪裏邪氣是不可取的。壺不以六顆心來好好培養，是無法得意的。

得天獨厚的宜興紫砂壺

范蠡和西施如何度過甜美的生活，您知道嗎？

　　談到紫砂壺，就聯想到宜興，好像宜興就等於紫砂壺，紫砂壺不論泡茶、鑑賞、收藏，都能一枝獨秀，引領風騷，這是因為宜興紫砂泥具有得天獨厚的特質，所以形成紫砂壺特有風格的緣故。

　　宜興有中國陶都之稱，是一個古老的縣。秦、漢時稱陽羨，後改荊溪，再改義興，而今為宜興市。遠在戰國時代，范蠡和西施就到此隱居，教土人做陶器，後來人們稱他陶朱公。

　　宜興紫砂壺有歷史記載是明朝正德年間(1506～1521)，有一位金沙寺僧以手捏壺，以指紋為標記。後來書僮供春從金沙寺僧學得製壺技術而成名家，宜興做陶器的人和景德鎮造瓷器的人不同，宜興陶人有簽名蓋圖章的習慣。明朝茶壺的落款是以楷書寫出用刀刻在壺底。清朝以後，蓋章取代簽名的情形，越來越普遍，壺的形狀也越化愈多。乾隆以後，陳曼生等文人提倡在壺腹上題字，因而使茶壺造形變得平滑、簡單。

　　紫砂壺經過不斷的發展，到了現在，精品輩出，名家不

少，仿古、贋品也很多，
認定真假得從陶的顏色、
造形、手工，以及出水孔
來鑑別。民國以前的出水孔是單孔；後來才有多孔的；1970
年代以後，仿日本而出現蜂巢型孔。

宜興紫砂陶土產於丁蜀鎮黃龍山的岩石層下，原礦分為紫
泥、本山綠泥、紅泥三種。紫泥是產於陶土甲泥礦中的一種
泥料；本山綠泥是甲泥礦內的夾脂；紅泥是來自陶土嫩泥礦
中的泥料，又稱「朱砂泥」。紫砂泥被稱為泥中泥，不同於一
般黏土，不能用水直接膨潤，需經陳腐、粉碎、過篩、加水
拌和等手續，再經真空攪鍊後，才具有理想的可塑性。

宜興紫砂壺泡出來的茶湯，所以能保持原味、充分表現茶
質的色、香、味。

一、主要原料紫泥的收縮率小，約10%，氣孔率合理，燒
成溫度在1100℃～1200℃之間，產品不易變形，因此壺口與
蓋能夠十分密合。

二、表面不掛釉，陶胎本身具有的2%吸水率和5%氣孔率，透氣性好，散熱慢，保溫佳，容易泡好一壺茶。

三、紫砂泥內含有適量的氧化鐵及多種微量元素，經氧化焰燒成後，分別呈現天青、栗色、深紫、梨皮、朱砂紫、海棠紅、青灰、墨綠、黛黑等諸色。細細觀賞會發現各種色澤裏含有銀或金色砂質閃爍。

四、紫砂泥料的分子排列與一般陶泥料的成顆粒結構不同，它是成鱗片狀結構，只要經常揩拭，表面就自然散發出光澤。

五、獨特的成型方式，以擋泥接坯成形，即以泥土鑲接法做壺。

六、以泥片鑲接成型，器形可高矮、曲直變化，造型豐富、生動，成了紫砂茶壺結構嚴謹，口蓋緊密，線條清晰的工藝特點。工欲善其事，必先利其器，想要泡好一壺功夫茶，選用紫砂壺是上上策。

茶具的鑑賞與選擇

有人說選擇茶具像選擇媳婦，您注意到嗎？

　　豐富多彩的茶具，我們如何選擇、鑑賞呢？茶具和茶葉的關係密切，好的茶葉必須用好的茶具來泡飲才能相得益彰，茶具的選擇是否適當影響茶湯的品質和品飲者的心情關係很大。因為茶具既是實用品，又是觀賞品，也是極好的餽贈禮物，茶具有很高的藝術鑑賞價值。而茶藝不僅重視茶葉本身的色、香、味、形的優美，還需要搭配科學實用性和藝術性高的茶具，才能完成茶藝的美。

　　我國出現過的茶具有陶土、瓷器、銅器、錫器、金器、銀器、玉器、瑪瑙、景泰藍、玻璃、搪瓷、石器等等，歸納起來可分為八大類，1.陶土茶具。2.瓷器茶具。3.玻璃茶具。4.金屬茶具。5.漆器茶具。6.竹木茶具。7.石器茶具。8.塑膠料茶具等。各類茶具中，從科學實用性和藝術性來說，以瓷器茶具和陶土茶具應用最廣也最好。玻璃茶具次之，搪瓷茶具再次之，至於其他質地的茶具較難普遍的應用在全套茶具上。

　　一、陶土茶具。色澤古樸、造型雅緻，特別是宜興紫砂為陶中珍品。用來沏茶，香味醇和，湯色澄清，保溫性好，即

使夏天茶湯也不易變餿。

二、瓷器茶具。瓷器茶具傳熱、保溫適中，整潔高貴，造形和裝飾美觀精巧，對茶不會發生化學反應，沏茶能獲得較好的色、香、味，除了實用外，藝術欣賞價值也很高，是應用最廣和普遍的茶具類。

瓷器、陶器茶具的發展已達到登峰造極的階段，不僅科學實用，甚且發展成藝術品了，陶瓷器成為中國的重要代表器物，英文CHINA是指中國，也是指瓷器，就可見陶瓷的地位了。作為茶具，陶瓷器的缺點是不透明，沏茶後，難以欣賞杯中的茶葉美姿，瓷器較陶器稍好，色澤純白較能呈現茶湯的原色，可略為補救其不透明的缺點。因此，瓷較陶在茶具上更為普遍被應用。

三、玻璃茶具。質地透明，光澤奪目，外形可塑性大，形態各異，用途廣泛，沖泡名茶，充分發揮了透明的優越性，茶湯的鮮艷色澤，茶葉的細嫩柔軟，展現在整個沖泡過程中，所有的變化，均可一覽無遺，可說是一種動態的欣賞。

如：龍井茶、碧螺春茶、君山銀針茶、瓜片茶等，杯中輕霧縹緲，澄清碧綠，茶芽朵朵，亭亭玉立，或旗槍交錯，上下沉浮，飲之沁人心脾，觀之賞心悅目，別有風趣。缺點是容易破碎，且較易燙手。

四、金屬茶具。種類繁多，金器、銀器、銅器、鐵器、錫器等。這些金屬茶具視個別用途。也有它的優越性。例如金器、銀器顯赫高貴，1987年5月，在陝西扶風法門寺的地宮，發掘出唐朝僖宗皇帝李儇使用的銀質鎏金烹茶用具，十分豪華，顯示皇室身分的高貴不凡。而名泉用銀壺、銀瓶來盛水，水質不易變異；錫罐裝茶葉比較緊密，對於防潮，防氧化、防光、防異味有較好的效果；鐵器做為水壺煮出的水較甘醇。金屬茶具的缺點是造價昂貴、笨重，不容易普及。

五、漆器茶具。漆器茶具起源於清代，主要產於福州一帶，多姿多彩，有「寶砂閃光」、「金絲瑪瑙」、「釉變金

絲」、「仿古瓷」、「雕填」和「嵌白銀」等品種，特別是創造了紅如寶石的「赤金砂」和「暗花」等新工藝以後，更加光彩奪目，逗人喜愛。缺點是不透明，此外，只有部分茶具能使用漆器，茶壺、煮水壺並不適合用漆器來代替。

六、竹木茶具。使用竹木茶具，價廉物美，經濟實惠，尤其部分附件的茶具，如：杯托、茶盤、茶則、茶罐等，另有人以高貴黃楊木罐、二簧竹片茶罐裝茶葉饋贈親友，製作精巧如藝術品，頗有欣賞價值，被視為珍品。

七、石器茶具。以石頭、玉石、瑪瑙等材料做茶具，在茶具史上也有出現，目前仍存在，但這些茶具製作較困難，實用價值較小，主要是用做擺設和滿足人們好新奇的心理。

八、塑膠茶具。塑膠茶具泡茶容易對茶味產生不良影響，保暖杯尤其忌諱用來泡茶；科技新產品搪瓷茶具雖然經久耐用，攜帶方便，但欣賞價值不高，家庭、辦公室不太適宜，客來敬茶也顯得不夠莊重，只適宜工廠車間、工地、旅行時使用。

茶具的選擇和鑑賞，是一種綜合性的高深學問，它包括了種類、質地、產地、年代、大小、輕重、厚薄、形式、花色、顏色、光澤、聲音、書法、文字、圖畫、釉質、配套等方面。由於各地飲茶習慣、茶類及自然氣候條件不同，茶具可以靈活選擇運用。例如：東北、華北一帶，多數都用較大的瓷壺泡茶，然後斟入瓷盅飲用。江蘇、浙江一帶，除用紫砂壺外，一般習慣使用有蓋、有提的瓷杯直接泡飲。四川一帶則喜歡用瓷製的蓋碗杯，即口大底小的有蓋小茶碗，下面還有個小茶托。閩南、廣東潮汕、台灣則流行小杯泡飲「功夫茶」。

不同的地方，有不同的泡茶習慣，所使用的茶具自然也有異，無論何種茶具都有它的實用性和功能性，如果純粹以藝術眼光來欣賞、鑑賞，也各有它的觀賞性質和收藏價值，單看每一個人的喜好而定；不過，茶具是屬於有實用性質的東西，如果只能觀賞而不能應用，那麼就失去它成為茶具的意義了！當然，古董茶具又另當別論，因為那已經是屬於文物的範疇了。因此，所謂茶具就必須能夠使用，能夠泡茶才算數。

茶藝之美與茶具的時空關係

　　享受茶藝的美感，首先映入眼簾的是珍奇質美的茶具，有了好茶具才能襯托出好茶來；而好的水又是泡出好茶的實質因素；好的調理功夫，在品啜欣賞茶湯的風韻之餘，增添的情趣是藝術生活的高尚享受。

　　今天談好茶好水好茶具，可就不能以舊標準來看待了，隨著時空關係的轉變，飲茶文化不斷的進步，好茶好水好茶具的「好」是有階段性標準的，例如：茶具的變化是從簡樸到繁縟，目前發展到科學的簡潔了，形式和材質與時俱進，豐富了茶具的世界，人們在使用上，選擇性更大了！如此的演變正是藝術創造的發展過程。

　　陸羽《茶經》列出省略的茶具需要24件，現在的茶藝，省略的茶具只需要12件就足夠了！它分成四部分：一、煮水器：電隨手泡。二、主泡器：茶壺、壺承。三、杯組：杯托、聞香杯、品茗杯。四、附件：水盂、公道杯、茶則、茶匙、茶巾、茶倉。

　　所謂「工欲善其事，必先利其器」，茶藝是一種物質活動，

更是精神藝術活動，器具一定要講究，不僅要好使、好用，而且要有條有理、有美感，用器的過程也是享受製湯造華的過程，使飲茶達到至好至精的境界。

那麼茶具，如何才能說是好呢？茶具的形式和材質，依下列四項原則搭配得恰到好處就是好。

一、依茶類

綠茶類：瓷質蓋碗或玻璃壺杯。因綠茶種類很多，龍井、碧螺春、毛尖等用蓋碗可，若是特種工藝的綠茶，享受其視覺美甚於品味，則以使用純透明的玻璃壺杯最好。

白茶類：瓷質蓋碗為宜；金質蓋碗亦可。

黃茶類：瓷質蓋碗為宜。

花茶類：瓷質蓋碗為宜。

青茶類：陶質紫砂壺最佳。

紅茶類：陶質小壺雖佳，但以瓷質、玻璃質的茶具會更好，尤其是工夫紅茶，但流嘴應選擇蜂巢型者，為了襯托紅茶的色澤，用瓷質蓋碗亦可。

黑茶類：陶質壺，壺口宜大，壺身宜扁平。

二、依時間

春季：瓷壺的搭配選擇金黃色系。陶壺的搭配選擇綠色系。

夏季：瓷壺的搭配選擇青色系。陶壺的搭配選擇銀色系。

秋季：瓷壺的搭配選擇藍色系。陶壺的搭配選擇紫色系。

冬季：瓷壺的搭配選擇紅色系。陶壺的搭配選擇紫色、紅色系皆可。

三、依空間

1.專屬茶室：茶具應和整個空間的布置：插花、點香、掛畫與茶葉，相搭配。

2.舞台表演：宜採分座式茶會性質設計，注意動線的掌握和整體空間的營造。

3.野外茶會：茶葉、茶具、水、火都得適當準備。

4.生活品茶：採促膝式茶會，宜選擇客廳一角有屏風布置。

四、依客人

選擇茶葉和茶具要把握客人的嗜好、習慣和茶會的性質，與會者是本國人、外國人；男人、女人；老還是少等都要適當考慮到。

根據各種茶葉，考慮時空關係，準備和諧的茶具，營造主客的融洽，是茶人的修養，也是茶藝之美的最高表現。

深入的探討是茶道，淺顯的說明是茶藝

茶道和茶藝是一體的。茶藝可以説是茶道内涵和形式的表現。

經常有人會問，什麼是茶藝？和日本的茶道有什麼不同？其實，茶藝也好，茶道也罷，只不過是一些人生或深或淺的飲食道理。

人生最重要的事，莫過於吃飯和喝茶，追求舒舒服服的吃一碗飯，快快樂樂的喝杯茶，就是人生的幸福。而吃飯的提昇就是美食；喝茶的提昇就是茶藝。

因此，茶藝的界説，可大可小，可深可淺。從大的來説，廣義的茶藝，舉凡茶葉的生產、製造、運銷、享用等等，凡是和茶相關的事物都屬於茶藝的範圍。若深入的探討茶藝，就牽涉到高深的學問和道理了，包含茶藝美學、茶藝内涵、茶藝的精神、茶藝的理論基礎等等，這就屬於茶道的範疇了！在泡茶、喝茶中，能達到禪的境界，體會到人生的意義，這不就是茶道嗎？茶中有道，道在茶中。而所謂的「道」，又是「道可道非常道」。於是我們多談茶藝，少説茶道。

茶藝和茶道，其實是相通的，深入的去審視，直指核心的探討，就是茶道；大範圍的觀照，生活化的表現，就是茶藝。

茶藝的簡單解釋，就是泡一壺好茶及喝一杯好茶的方法和意義。即在泡茶的過程中，要遵守一定的程序、規範，用比較文雅、高尚的方式來喝茶。因此，喝茶的規矩和樂趣，就是茶藝。

茶藝可分為兩個範疇，一為科學，一為藝術。例如，泡好一壺茶是屬於科學的範疇，享用一杯茶，則是屬於藝術的範疇。泡好一壺茶，需要注意茶葉的用量、用水的溫度、浸泡的時間等問題，它都有一定的比例和根據，這是科學。而享用一杯茶，就是品茗時，要注意茶具的搭配，時間、空間的調和，環境的布置，服裝、音樂等等的選擇，營造出美感和意境，成就茶人的氣質和風範，這些就是哲學、藝術的範疇了。

這樣說來，茶藝不是太麻煩了嗎？事實上，最麻煩的事也是最簡單的事，要能抓住其關鍵，就不麻煩了。大學上說：「物有本末、事有終始，知所先後，則近道矣」，茶道大師說：「把水燒開，茶葉放入壺裏，倒出來喝，就是茶道」。懂得這些道理，茶藝就是「喝茶很容易」，茶藝又是茶易了！台灣區製茶工業同業公會理事長黃正敏先生大力提倡茶藝茶易，道理可能就在此。

茶具發展簡史

　　從廣義上來說，採製茶葉的工具和貯藏茶葉、飲茶的器皿，統稱為茶具。但一般所說的茶具，則是指泡茶、飲茶時所用的專門器具。如茶壺、茶碗、茶杯、茶盤、杯托、茶則、茶巾等。

　　茶具也稱茶器，最初都稱為茶具，到了晉代以後則稱茶器。唐代陸羽《茶經》把採製茶葉所用的工具稱茶具；把燒茶、泡茶的器具稱為茶器，以區別其用途。宋代合二為一，把茶具、茶器合稱為茶具。現在大都統稱為茶具。

　　在原始社會階段沒有專用的茶具，這是茶和其他食品共用器皿的「一器多用」時期。人類進入封建社會後，有閒階級形成，飲茶的器具才有新的要求，從而出現了專用貯藏茶葉、煮茶和飲茶的器具。隨著時代的演變，茶葉的飲用日廣，種類不斷增加，飲用民族和習俗的不同，茶具的形式、質地和配套等，都不斷的推陳出新。

　　秦漢時代，飲茶已有簡單的專用器皿。而唐代是茶器飛躍發展的時代，皇宮貴族家庭多用金屬茶器，民間則以陶瓷茶

具為主，而且飲茶的用具越來越繁雜，製作越來越精巧、考究，人們把茶器列為品茶必要的藝術條件。

宋代以後，隨著茶葉加工方法的逐漸改變，蒸菁綠茶的發展，飲用茶不碾成碎末，而以全葉沖泡，偏重於品茶葉的原味和香氣，原有抹茶的飲用也不加調味品飲了，茶具也有改變，新款陶質茶具以紫砂最名貴。宋代詩人蘇東坡謫居宜興時，提梁式的紫砂壺至今沿用，民間飲茶多用茶盞，有黑釉、醬釉、青白釉及白釉等多種，燒製茶具著名的產地有五大窯，即官窯、哥窯、汝窯、定窯、鈞窯等，各產製不同風格的茶具。

元代、明代除了邊疆民族飲茶用煮飲外，散茶、抹茶的飲用增多，不用煎煮而以「撮泡」，器形小為貴，品茶以瓷色偏白為多，茶具種類簡化了，同時出現一種茶洗，形狀如碗和盂，底部有孔，是飲茶之前用來沖洗茶葉的。明代中葉以後出現紫砂小壺了。茶壺的流嘴移至腹部，先前茶壺的流嘴是在肩部。在陶瓷茶具的質量不斷提高下，江西景德鎮的青花瓷異軍突起，不僅國內珍重，而且聞名國際。傳到日本後，

因「茶湯之祖」珠光氏特別喜愛這種茶具而定名為「珠光青瓷」；另外，日本留學僧曾到天目山帶回茶碗，這種茶碗有黑釉，於是通稱帶黑釉的陶瓷為「天目瓷」，茶具演變為以陶瓷為上，黃金為次的風尚。

清代以後，茶具慢慢發展為以陶瓷和玻璃器為主的局面。此外有廣州織金彩瓷，福州脫胎漆器等茶具相繼興起。但以瓷器茶具最受歡迎，達官貴人以瓷器茶具做為客來敬茶的高尚象徵。

現代的飲茶文化呈現多元化的趨勢，以陶瓷茶具並重，玻璃、搪瓷、金屬、漆器、玉器、瑪瑙、景泰藍、竹木、石製等多樣性產品繽紛並陳。茶具形式和質地千姿百態，百花齊放，豐富多樣，隨君選擇，充份顯示茶文化的燦爛和發達。

茶神陸羽的生平

陸羽生於唐玄宗開元21年，癸酉年，屬雞。卒於唐德宗貞元20年（733～804年）。

陸羽，又名疾，字季疵，又字鴻漸，號東岡子，竟陵子，自稱桑苧翁。人稱陸生、陸處士、陸居士、陸三、陸三山人、陸鴻漸山人、茶山御史、東園先生、陸文學、陸太祝、茶顛、茶仙、茶神等。

陸羽，出生後不久即被遺棄在湖北竟陵（今天門市）西湖之濱，被龍蓋寺（今西塔寺）僧，智積禪師所拾獲。因顏面有瑕疵，稱為疵兒。由於寺院不便撫養，寄養寺西村李儒公家，李家已有一女較疵兒稍長，名季蘭，於是為疵兒取名季疵。

唐玄宗開元29年（741年），季疵9歲，李儒公舉家遷回浙江湖州。季疵於是回到智積禪師寺院，每日頌經讀佛書，操持寺院雜事、賤務。但對於佛事出世之業，季疵毫無興趣，精神倍覺痛苦，有感志向不能實現。13歲那年便離開寺院，隨著一個戲團到處演出。由於演技出眾，不久便成為主要演

員，在一次宴會中演出，被當地太守李齊物所賞識，贈予一些詩書，並到火門山鄒夫子處讀書。

陸羽姓名的由來是這樣的，據說陸羽想知道自己的身世，曾占卜求卦，得《蹇》和《漸》兩卦，於是根據卦辭：「鴻漸于陸，其羽可用為儀」，便以陸為姓，羽為名，鴻漸為字。

陸羽在火門山期間，自建茅廬，並在山南坡地開鑿井泉，汲水烹茶，自耕勤讀，號竟陵子。

唐玄宗天寶14年（755年）安祿山造反，陸羽遷居竟陵縣東岡村，自號東岡子。

天寶15年（756年）6月，京師長安淪陷，太子李亨即位，是為肅宗，改元至德，這年冬季陸羽避難離開竟陵，經鄂州，再到黃州，此時，消息傳來智積禪師寂沒，陸羽不勝悲痛，寫了《六羨歌》，懷念恩師。

肅宗上元初年（760年），陸羽隱居浙江湖州，閉門讀書，自稱桑苧翁，上元二年（761年）開始寫作《茶經》初稿，隨

後與釋皎然結為「忘年」之交，並與名僧、高士品茗詠吟，唱和往還。陸羽有時一人「獨行野中，意猶徘徊，自曙達暮，號泣而歸」，人們稱他為「現代接輿」。

代宗大曆七年（772年），移居湖州青銅門外的青塘橋西面地方居住，與城中官邸、名流住處較接近，與顏真卿、蕭穎士、朱放等文人雅士交往密切。在此期間，走訪各產茶地區，對茶葉的製造、品飲方法等，親身體驗實踐，搜集資料，在原有《茶經》初稿的基礎上，充實內容，終於在唐德宗建中元年（780年）完成《茶經》一書付梓出版。

《茶經》出版後，陸羽曾應李臬的邀請赴湖南為賓客，三年後，隨李臬調遷至江西，最後隱居江西上饒廣教寺（今茶山寺），闢山種茶。

唐德宗貞元12年（796年），陸羽重新回到湖州青塘別業。貞元20年（804年），因病去世，葬於杼山。享年72歲。

後人尊敬他，於是，以陶瓷做陸羽像供奉於灶上，奉為「茶神」。

陸羽《茶經》是茶學百科全書

　　陸羽是唐代復州竟陵人（現在湖北省天門市），幼年時隨著戲團到處演出，走訪各地，受到當時飲茶風氣薰染，培養出對茶的愛好，從而積極從事茶事資料的搜集和研究，並親自考察荊州、峽州的茶葉產地，歷經數年的努力，於唐代宗廣德二年（764年）寫成世界上第一部茶葉專著《茶經》初稿。

　　隨後曾周遊各茶葉產地，把茶樹品種、生產、氣溫和土壤的關係，以及種植、採製、茶器、茶具等知識做了詳實的調查、研究、實踐和充實，以《茶經》初稿為基礎，在唐德宗建中元年（780年）完成了三卷十章的《茶經》，並正式付梓出版。

　　《茶經》全書分上、中、下三卷，共7,000餘字。上卷：第一章，說明茶的起源。第二章，說明製茶、採茶的用具。第三章，解釋製茶和鑑別茶的方法。中卷：第四章，說明煮茶、飲茶的器皿。下卷：第五章，提示煮茶的要領和水質的重要。第六章，論述飲茶的沿革和飲茶的方式、方法和習俗。第七章，敘述自古以來有關茶的歷史資料。第八章，論述唐代的茶葉出產地和優劣。第九章，說明在不同環境泡茶時，茶具和茶器可做那些省略。第十章，指出將《茶經》寫在白

絹上掛起來，則可對茶事一目了然。

《茶經》全書談到的內容，包括了茶樹的形態、特徵、茶名彙考、茶樹的生長環境和栽培方法，採茶和製茶的工具、茶葉的製造技術、煮茶、飲茶的器具，烹茶用水的品第、茶葉的種類、品質和飲茶習俗，更談到茶史的資料等等，總結了當代的茶葉生產經驗、茶葉史料，認真記述了作者親身調查實踐的結果。幾乎把與茶有關的各種資料都記述了，可稱得上是一部茶學百科全書。

這本《茶經》，雖然成書於公元八世紀，距今已有1200多年，時空關係改變了，科技進步了。但是，在某些層面上，《茶經》對今天的茶葉科學研究和茶葉事業發展，仍可提供極有價值的參考和借鑑。

一、《茶經》是世界上第一部有系統的敘述，介紹有關茶的專著書籍。

二、陸羽《茶經》的出版，開創了為茶葉著書的先例，為後世茶書的編寫定出了大體的範圍。

三、陸羽《茶經》含蓋範圍廣闊，舉凡與茶有關的各種內容都敘述了。也可以說是中國茶書的總目。

四、《茶經》的問世，使天下茶道大行，對於茶文化的建立和發展有不可磨滅的貢獻。

五、陸羽《茶經》的成書，對於茶道的弘揚和傳播具有決定性的影響，日本、韓國等國家視陸羽《茶經》為茶道文化的最主要經典。

六、《茶經》已譯成日、韓、英、法等多國文字，對中國飲茶文化的提昇和傳播上，是一件值得大書特書的事。

凡研究中國茶文化史，乃至世界茶葉發展史的學者，這本一千多年前完成的《茶經》是不能不看的，就是現代的一般喝茶人，讀讀《茶經》也可發思古之幽情，增添品茶時的幽眇情趣。

台灣茶文化現象

台灣每人每年茶葉的消費量已超過日本。

台灣茶葉的歷史只有200年左右，發展過程曲曲折折，日治的50年中，在工業日本、農業台灣的前提下，台灣茶葉只是做為賺取外匯的手段產業而已。

1945年國民政府治理台灣，仍然依循這個以外銷為導向的茶業政策。但是，自1980年代中國大陸採取改革開放的政策後，台灣茶葉的國際市場逐漸被取代。台茶面臨如此重大的衝擊，不得不調整市場的方向，從外銷轉變為以內銷為主，這次的轉型所以能很快的成功，主要關鍵是，1980年代一批知識分子掀起尋根、回歸的熱潮，而茶文化是人民生活最親切的部分，於是復興和弘揚茶文化的運動被提出來時，很快的得到社會的回響，80年代茶藝之風席捲全台。

台灣茶文化經過20年的發展，成果輝煌。目前，台灣每人的年平均茶葉消費量已超過日本，達到1.2公斤。台灣700萬戶家庭，平均每戶擁有一套工夫茶具。全台灣大大小小的茶藝館約20,000家，經常飲茶的人口達到1,200萬人，約占總人口

數的60%，買茶葉的費用每人每年平均約26美元，談茶說壺已是台灣社會很平常的事情，茶文化不僅是台灣人民生活的一部分，也是台灣文化最有代表性和最具體的部分了！

台灣的自然環境適合茶樹生長，所製造的茶葉公認最好，近20年來，台灣人民從喝台灣茶，飲台灣茶，提昇到品台灣茶，影響所及，從中國大陸到東南亞許多國家和地區，紛紛出現台灣式的茶藝館和普遍使用台灣出產的茶具，說明了茶文化的發展是台灣人民的幸福，盼望大家惜福，珍惜這項成果，不要讓它只是曇花一現的美麗。

平生不平事盡向毛孔散

平常心是道，不平時保持平常心，就可以入道了。

我們天天喝茶，到底是像天天吃飯、睡覺一樣，只是為了滿足生理的需要，還是另有其他的意義呢？喝茶在中國已經有數千年的歷史，它不但是中國人的生活必需品，甚且已經成為中華文化重要的組成部分，也是最親切的部分。

喝茶可以逐漸提昇成為茶藝。茶藝是生活中高尚情趣的一部份，樂趣無窮。從茶藝的樂趣中，又能體會到茶的真意而進入「道」的境界。所以，喝茶的意義和吃飯、睡覺是不同的，喝茶並不只是解渴、補充水分、帶給我們生理上的滿足和享受而已！

我們常說：「壺裏乾坤大，茶中日月長」，一壺茶裡蘊涵著一個世界，一壺茶裡包含了壺「天地之精英，日月之光華」。我們生活在險惡的社會裡，疲累於忙碌的工作中，糾葛在複雜的人際關係內，歷盡了世態的炎涼，嚐遍了人間的冷暖，經常嘆平生不如意事，為何總是十常八、九？甚至在最痛苦、絕望的時候感到人生乏味。此時，就喝一杯茶吧！先苦後甘的滋味，讓您體悟到憂樂的人生，在與茶結緣時，您會

得到啓發和冥想，茶中蘊含著高山、泉水的精魄，窈渺的茶香將載著您融入自然與天地同遊，茶是苦悶人生最好的良師益友。因此，英國有一首詠茶詩：

當您寒冷的時候，茶會溫暖您。
當您酷熱的時候，茶會沁涼您。
當您沮喪的時候，茶會激勵您。
當您衝動的時候，茶會鎮靜您。

每一個人的出生和遭遇都不相同，但是，每一個人都有權力安排自己，好好品味人生，當您懂得喝茶懂得茶藝，懂得茶中有道時，養成經常喝茶的習慣，把茶確確實實的當做良師益友，放下世間的名與利，輕輕鬆鬆的去喝杯茶。一個人只要能夠舒舒服服的吃一碗飯，輕輕鬆鬆的喝一杯茶，人生還有什麼不足呢？就是在生活上偶然遇到些不平，也能夠自適的泰然處之。

唐代茶人盧仝說：「一碗喉吻潤，二碗破孤悶。三碗搜枯腸，惟有文字五千卷。四碗發輕汗，平生不平事，盡向毛孔

散。五碗肌骨清，六碗通仙靈。七碗吃不得也，唯覺兩腋習習清風生。蓬萊山，在何處？玉川子乘此清風欲歸去。」英國的詠茶詩很清楚的告訴我們，茶是人們的良師益友；中國盧仝的茶歌也告訴我們，喝茶可讓我們得到心靈的解脫；人應該喝茶，以便從茶中品味人生。

茶與酒都可以是良師益友

茶是三分解渴，七分提神；酒是三分醉人，七分傷神。
如何以正面，有益的方面來品茗、品酒

　　茶葉品類繁多，有紅茶、綠茶、白茶、黃茶、青茶和黑茶等，不一而足。酒類也不甘示弱，有紅酒、白酒、黃酒、啤酒、雞尾酒等，樣樣齊全，根據資料，酒的出現比茶還早，至少有五千年的歷史，而茶的發現和應用則稍晚，但也有四千多年了。

　　茶與酒，雖然夥同著做了人們數千年的朋友，但是，他二位的性格卻完全不同，茶似寧靜的小河，酒如豪壯的波瀾；茶是三分解渴，七分提神；酒是三分醉人，七分傷神，總之，始終以來，茶被界定為清涼帖，而酒則是催情劑。

　　話雖如此，但是茶酒之間，也非毫無交集，若以茶來比喻酒，個中情趣也有妙處，綠茶像啤酒，人人都可以喝它一杯，入口清清淡淡，難給人留下深刻的印象；青茶中的烏龍則像是陳年紹興酒，是稍具酒量的人交際應酬時最常用的酒類，還有那台灣的東方美人茶就如同黃酒了，頗耐人尋味；而鐵觀音茶卻好比白酒，是懂得箇中三昧的癮君子才會享受的杯中物；至於紅茶就如葡萄酒了，酒黨並不把它當作酒來

看，認為它是一種飲料。這樣的比喻，未必恰當，但如果提倡以茶代酒，也不失為茶酒之間的一種情趣轉換。

一般喜歡喝酒的人常常也喜歡喝茶，喜歡喝茶的人，往往卻有點排斥酒，其實大可不必。茶與酒雖然各有不同的屬性，但也都是性情中人，酒後品茶並不是為瞭解酒，而是讓快樂的氣氛能有個總結；茶後來點酒賞，不是為了氣氛，而是把人帶回到現實。理想與現實相輔相成，人生的道路才不至於那麼崎嶇難行。

茶與酒不分家，是生活的藝術，一人獨享，小酌細品，幽思飄渺，這是寧靜之美；兩人同酌，賽過神仙，這是閒適之美；好友數人共飲，其樂融融，則充滿了和諧之美。

人們與茶、酒做了數千年的朋友，雖然說：美酒千杯難成知己，清茶一杯也能醉人，但是「三人行必有我師焉，擇其善者而從之，其不善者而改之」，用心去品茶、品酒，茶酒都可以成為我們的良師益友。

煎茶點茶沏茶，吃茶喝茶品茶，
各有程序和品味

茶文化的發展隨著時代的不同而不斷的改變，從粗獷而精緻，從原始而文明，早期是吃茶，逐漸演變為喝茶，而進步到飲茶，再提升為品茶；由於不同的飲用方式也有不同的煎煮程序：煮茶、煎茶、芼茶、淹茶、點茶、泡茶、沏茶等等，這方式和方法，我們來瞭解一下。

吃茶：茶葉連茶湯一起咀嚼咽下叫吃茶。早期人類是粥茶法，茶葉和水一起煎煮成羹湯，好像吃粥一樣的吃下去。

喝茶：茶葉不斷以滾水沖泡出茶湯，大口急飲，目的是為解渴，稱作喝茶。

飲茶：喝茶時佐以茶食、點心，一邊喝茶，一邊吃些茶點，或者茶湯添加其他配料來喝，稱為飲茶。也有一種稱清飲者，就是以茶葉直接沖泡，喝茶的原汁本味。

品茶：以小口小口的喝茶，細啜緩咽，三口方知真味，三番才能動心，是一種以鑑賞茶的色、香、味、形為目的，自娛自樂的藝術性享受，稱為品茶。

至於，煎煮茶的程序方法，也因時代、環境的不同而有程

序方法上的區別：

芼茶：茶葉（鮮葉）加入佐料，置於鍋釜中，以水燉煮成
羹湯。

烹茶：將水煮開，將茶葉投入水中，再投入鹽等，再滾
後，即以杓掏湯喝的方法。

煮茶：與烹茶類似，將水煮開，投入茶葉或將茶葉和水一
起投入釜中煮開，勺出來喝的方法。

淹茶：將茶葉投入釜中，另將煮開的水澆入釜中，水淹沒
茶葉浸漬出茶湯來，是先茶後水，與先水後茶的烹
茶、煮茶方法不同。

煎茶：也稱熬茶，將茶葉和水一起煮，或先將茶葉放入熱
釜中煎熬，再投入水，熬煮出茶汁來。

泡茶：將水煮滾之後，投入茶葉浸出茶汁，與淹茶不同，
淹茶是先茶葉後滾水。

點茶：一般是指抹茶以水直沖點破，猶如蜻蜓點水款款飛
般，所謂深入而破其眼。

沏茶：以滾水磨擦茶葉，急速流過茶葉而出茶汁來。

以上説明自古至今有關茶的煎煮方法和品飲方式，其中煎茶一詞往往被有些人與日本所謂的煎茶混淆，日本的煎茶是一種茶葉的專有名詞，非煎煮茶葉的方法。

　　不論吃茶還是品茶，也不管煮茶或是瀹茶，並非一種方式替代另一種方式；也不是一種方法淘汰另一種方法，而是兼容並蓄，共生共榮，唐代有吃茶也有喝茶，有煮茶也有煎茶；清代有泡茶也有瀹茶，有飲茶也有喝茶；現代，你要吃茶，喝茶，飲茶，品茶都可以；你要煮茶，點茶，瀹茶，泡茶也無妨，你高興怎麼做，歡喜就好，最重要的，是什麼就是什麼，不要打迷糊仗，不要把什麼茶都搞成烏龍，把社會搞成有茶無道的社會，那就違背了茶的原本意義，盼望「講清楚，說明白」就從我們茶人開始。

游茶，依仁，據德，志道

　　孔子曾説：「志於道，據於德，依於仁，游於藝。」我總覺這種先高後低，先上後下的勵志做法，會使人有不踏實的感覺，是造成人們不務實的根本原因。不如「游於茶，依於仁，據於德，志於道」來得實際，更有助於增進現代人的修養，解除現代人的矛盾。

　　近世以來，時代快速變化，舊有的生活方式、價值觀念也不斷被解構，古今中外的聖哲雖留下了不少金玉良言，但卻無助於解除現代人生活處世的困惑，許多人一生都處在茫然追尋，找不到生存意義的困境裏。身為一個老茶人，一個資深的社會工作者，我深切的體會到「茶」，或許可以為人們找出一條新的生存之路。

　　茶，起源於中國，從食飲演進到品飲，已經有千年以上的歷史，國人對茶的鍾愛，歷久不衰，何以故？因為人們並不只把茶當作自然屬性的單純飲料，還具有精神和社會的功能，品茶是一種由外而內，再由內而外的修身養性功夫，所以説：「游於茶，依於仁，據於德，志於道」，人生的修養就

從生活嬉娛中開展，由近而遠，由小而大，通過一口一口從容品飲的茶，打開人生的另一扇窗，讓眼前出現美麗遠景。

游於茶，是玩茶適情，從好好喝杯茶中，不知不覺的達成「克己復禮」的功夫，這也就是學習茶藝的意義所在：「以嚴格的規律，促使一個人的思想以高尚、文雅的方式表現在行為上。」懷抱著仁心，得當的與人相處，愛人愛物，以無緣大慈，同體大悲的心情生活，這就是依於仁。

依於仁是茶人的職志，是做人的道理，茶人以茶存養仁心，日日積累功夫，能做到「君子無終食之間違仁，造次必於是，顛沛必於是。」這才是茶人的風範。

飲茶是高雅的精神享受，是陶冶情操的方法，表達志向的手段。因此，「以茶修德」就是落實在生活中來修養心性，做人處世有了成果，修養有得於心，得就是德了，根據德來求道，這就是安身立命的基礎了，道理就在於據於德。

志於道，什麼是「道」？率性之謂道、平常心是道。「道」

有天道、有人道，天道和人道合一，天人合一的道，才是常道。志於道，就是人生需要有崇高遠大的志向，「士不可以不弘毅，任重而道遠」，道雖遠，行遠必自邇。其實，道就是道路、真理、生命。是生命的追求，是生活的需要。

　　道和人們生活最親切的部分是茶道。游於茶，也就是追求高遠志向的開始，是「行遠必自邇」的邇，登高必自卑的卑了。因此，志於道，當從游於茶開始。既然如此，你能說游茶不重要嗎？

附錄

兩岸品茗　一味同心

我是土生土長的台灣同胞，祖先移居台灣已經是第八代了。

1988年第一次回到祖國大陸，到了上海，首先是找尋研究茶文化的同好茶人。為了弘揚祖國優美的文化，五年來，先後回到大陸已經超過20次，沒有一次不是為茶文化而來。去年，再次應邀在上海公開表演茶藝和發表專題演講——《茶藝館在現代社會中扮演的角色》，認識了石四維先生，我們一見如故。因此，交談了數小時之久，整個談話內容都環繞在「茶文化」題目上。石先生告訴我，他將出版《飲茶養生》一書，正巧，我於1983年曾協助台灣大學教授劉榮標博士編輯《茶與健康》這本書，對於「飲茶與健康」的醫學、科學根據與資料，下過一番功夫。

在過去的十多年裏，我一直專心於茶文化的研究工作和探討茶在精神文明方面所起的價值功用等課題。今年元宵節前夕，忽然接到石先生寄來其大作《飲茶養生》的大綱，並懇切希望我能為該書寫篇序言的信；有感於石先生為弘揚茶文化的用心，並希望該書的出版能促進海峽兩岸的全面文化交流，實現「兩岸品茗，一味同心」，早日完成祖國統一願望，我很樂意為《飲茶養生》這書的完成表示祝賀之意。

「養生」不僅只是追求活著而已，更要活得健康；健康包括生理的健康和心理的健康。《飲茶養生》告訴我們如何健康的活著，介紹養生之道，從科學的分析和實例來闡述飲茶與人體健康的關係、合理的飲茶方法，更提供鮮為人知的養生茶藥方，說明「以茶為禮」、「客來奉茶」的意義和重要性等。我的茶藝生活經驗告訴我，茶可以做為建立良好人際關係和倫理美德的媒介，也讓我體認到：

「只要有健康的人生，就會有健康的社會、健康的國家。『統一的國家』就是『健康的國家』，這是所有中國人共同的願望」，讓我們一起從《飲茶養生》開始吧！

1992年2月18日壬申年元宵夜

序《世界茶俗大觀》

今年(1992)年3月25日至29日，在湖南省常德市舉辦的第二屆國際茶文化研討會上，認識了吳尚平先生，吳先生年紀尚輕，文質彬彬，謙恭有禮，隨即送我其大作《說茶》一書。利用晚間休息時刻，閱讀該書，內容涵廣多姿，甚具參考價值，尤其說到名人飲茶的故事和民俗茶事最是吸引人。翌日晚，吳先生又到下榻的桃林賓館來看我，他說將出版《世界茶俗大觀》，並請我為他作序，我即刻答應。一來，以其如此年歲，就對茶事下了如此大的功夫，表示嘉許。二來，吳先生文筆流暢，資料搜集豐富，該書之出版，可讀性必然很高。

中國茶文化的弘揚和推廣，一方面要做學術理論的研究，以建立茶文化學的框架。二方面也要從事茶文化的普及和落實的工作。文化必須與生活相結合，才能發揮功能，促進精神文明的建設。有堅實的精神文明做基礎，物質文明的發展才會加速，經濟當然更趨完善。因此，推廣和弘揚茶文化的工作，必須兼顧到雅俗共賞的情況。

盼望吳尚平先生的著述能源源而出，嘉惠社會大眾，是為序。

1992年4月12日

注：《世界茶俗大觀》一書，山東大學出版社出版，字數178千字，1992年9月第一版，印數5000本。

序《中國茶葉外銷史》

陳椽教授是世界著名的茶學專家、傑出的教授，為中國「一代茶宗」。六十多年來，陳教授在茶業的園地裏，辛勤耕耘，培養茶業人才，為發展茶業科學事業，提高茶葉生產水平，著書立說，作育英才，桃李滿天下，在中國茶業史上，乃至於世界茶業史上，已經寫下了光輝的一頁。

陳教授治學嚴謹，既教書也育人，作經師亦為人師，學術理論水平高，具有獨到的見解，已發表或出版的專書、論文超過100本（篇），著作等身，受到國內、外專家、學者的讚賞與好評。陳教授的學生分佈世界各地，都有顯著的表現和成就。

至於，我何以能親近「一代茶宗」陳椽大師？這要從十年前談起。1984年4月，我應邀前往韓國、日本訪問，在漢城時，會見了韓國茶學界的大老韓雄斌先生，他談到了中國茶學的現狀和發展，提到陳椽教授的《茶業通史》，讚譽有加。當時，由於海峽兩岸的政治因素，無法相互連絡，只有心嚮往之。過了三年，一位台北的朋友影印一份陳教授的《茶業通史》給我，如獲至寶，至今仍時時展讀，頗為珍惜。

1989年9月，應邀出席在北京舉辦的「首屆茶與中國文化展示週」，會場上與陳椽教授見面了，對他隨和、親切，平易近人的態度，留下了深刻的印象。自此，我們結了不解之緣，保持書信的往還，從陳教授那裏得到不少的勉勵和指教，獲益良多。

記得，1991年12月24日，我應約前往合肥安徽農學院訪問並拜訪陳教授。從上海出發，天氣晴朗，到了南京，過了長江大橋，開始飄起雪來，火車走到蚌埠前，被紛飛的大雪阻斷在路上，原定下午４點到合肥的，遲至隔天凌晨才到達，而陳教授以八十多歲高齡親往火車站迎接，此情此景，令我感動，畢生難忘！

安徽的三天活動，氣溫在零度以下，合肥市覆蓋在皚皚白雪之下，而陳老每天神采奕奕的陪著我演講、到處拜訪，精神、體力猶如五、六十歲的人，令人敬佩！

三天訪問結束的前夕，陳教授懇切的告訴我，將把他花費十數年心血編著的大作《茶葉外銷史》交給我整理出版。聽到這個重託後，憂喜參半，陳老如此的信任我，我將努力把這項工作做好！

歷經一年多的時間，今天終於完成了《茶葉外銷史》的整

編和大樣，陳教授先後來信，和煦的口吻，無論如何要我為這部書寫序言，並且說，他的著作從來沒有請人寫過序的，我是第一位，再受此殊榮，我如何能推辭呢？恭敬不如從命。

《茶葉外銷史》是陳教授繼《茶業通史》之後的力作，也是《茶業通史》姊妹作，書中闡述了中國茶業對外貿易來龍去脈，有歷史資料，有評述，有豐富的統計數字，珍貴的圖片，更有詳細的附錄，以清晰的表格展現出來，是從事茶業貿易，專家學者的寶貴參考書籍。

四十多年前，陳教授曾經來過台灣，指導台茶的復興工作，漫長的歲月過去了，陳教授仍然念念不忘那段在台灣的日子，懷念在台灣的老朋友。《茶葉外銷史》是陳教授在台灣出版的第一本書，但願本書的出版帶給轉型期的台灣茶業一些參考和借鑑。

本書原稿為簡體字，表格資料、統計數字和珍貴圖片都相當豐富，比對，校正費時，筆者才疏學淺，受此重託，書中如有疏漏之處，完全是筆者的責任，還請陳教授原諒，各位專家、學者包涵。

簡述由慕名陳椽教授而相識，從相識而成為忘年交的經

過，並説明受託出版本書的原由以做為感謝陳教授的知遇之恩。同時也要感謝林淑珠老師、周本男老師的協助校對。

最後，鄭重向社會大眾推薦這本《茶葉外銷史》。是為序。

1993年8月吉日於台北茶禪精舍

茶緣——與鄭相九博士的相識

　　中華茶藝正式和外國的茶文化團體接觸，第一個國家是大韓民國，回顧1984年3月17日，在台北美麗華飯店，由作者代表「中華民國茶藝協會」與「韓國觀光公社台北支社」社長白斗顯先生共同主持首次「中・韓民間茶藝交流座談會」，這次座談會目的是促進中、韓兩國民間社團的友誼和交流。由於這個座談會，而促成了我組團訪問韓國的動機。

　　同年，4月22日，第一支「中華民間茶藝文化訪問團」前往韓國訪問，開啓了中、韓兩國茶文化交流的大門，也建立了中韓兩國文化交往的橋樑。4月25日，我們一行七人到達韓國的釜山女子專門大學，「韓國茶道協會」就設立在裏面，理事長鄭相九博士親自接待我們，並親自表演韓國茶道，熱情的款待我們。學校內的「茶道館」非常的典雅，有茶道表演的大廳，約可容納300人，其外，有紀念草衣禪師的茶亭——松雪樓，還有「茶藝博物館」及資料館，座落在半山腰的學校，茶道館沐浴在青翠的校園裏，如此美麗的環境中，茶道在那裏滋長，必然會茁壯的，可以說是目前弘揚茶道最完美的環境，我由衷的羨慕和嚮往。

　　自從，認識鄭相九理事長，參觀了釜山女子專門大學回到

台灣之後，我就思索，如何能推動茶文化的國際化，讓更多的國家和人民能夠像韓國茶道協會一樣，把茶文化根植在學校，教授學生茶道，認識茶文化，培養健全人格的人民。於是，利用各種機會介紹韓國茶道協會在鄭相九理事長的領導下，在釜山女子大學的做法。也許受到這個影響，台北陽明山的文化大學成立了「華岡茶藝社」，隨後，一個一個的大學專科學校開始有了茶藝活動。

1968年11月，「韓國茶道協會」由鄭相九理事長率領了訪問團到台灣來，並與「中華民國茶藝協會」締結姊妹會。中華民國副總統出席了這個盛會。韓國茶道協會也在台北表演茶道，為台灣茶藝界帶來了極大的激勵作用，鄭理事長領導下的韓國茶道也在台灣留下了深刻的印象。

1978年7月7日，韓國茶道協會舉辦「韓日中茶文化祭」，我應邀組團前往參加，盛況空前，在海雲台的晚宴聯誼會中，我提議：籌備組織「國際茶文化聯誼會」，並主張每年在韓國，日本，中國輪流舉行「國際茶文化祭」，以便擴大茶文化的國際影響力和聯誼活動。與會的茶人贊同這個建議。

1988年5月14日，日本煎茶道「清泉幽茗流」舉辦了「韓・中・日茶文化親善大會」，中・日・韓的茶人再次聚集在一起，開創茶文化國際化的再度高潮。

自1984年，我與鄭相九認識迄今九年了，前往拜訪五次，親眼看到韓國茶道的發展和進步，鄭相九理事長的貢獻是令人敬佩和尊敬的，他身體力行了茶道的精神，建立了茶文化的學術理論，開設茶文化課程教授學生，把茶道的精神、文化帶進大學、專科學校裏，陶冶變化了學生的氣質，促使學生成為健全人格的現代人，是目前世界上，把茶道文化與現代教育結合的先驅。

釜山女子專門大學校座落在釜山鎮區的山坡上，青翠的山峰，幽雅的校園，典緻的建築，尤其是那具有韓國傳統風格的「韓國茶道館」就在這優美的環境中，令人嚮往，令人羨慕。而鄭相九理事長踏實的推廣茶文化的精神和遠大的理想，熱愛茶文化與積極的態度，可以稱為「現代茶文化的導師」。

展望未來，茶文化是没有國界的，茶文化是建立在同一根源上的，經過彼此的努力弘揚，將會開出芬芳的果實，廣泛的影響世界人類，改善人類的生活品質，使世界充滿和平的氣息，美化世界，茶文化的未來是光輝燦爛的，我永遠珍惜著。

原載於韓國茶道協會會刊1993年《和靜》雜誌

勸業藝和道　勤耕茶與壺

　　台灣茶文化的發展，在最近20年來，風起雲湧，一時變得非常蓬勃。

　　全世界平均價格最高的茶葉在台灣，最精製昂貴的茶壺也在台灣。我們擁有這麼好、這麼貴的茶與壺後，更盼望茶藝文化的層次也能隨著茶與壺而提昇，少一點暴戾恣睢的行為，多一些平和文化的氣息。

　　台灣光復迄今，五十多年，茶葉的價格漲了一百多倍，人民一年的平均飲茶量也增加了四倍；茶壺的價格更是從無飆漲到一把數千元、數萬元，甚至數十萬元。根據1995年中華茶文化學會一項統計，台灣現有的宜興式的功夫茶壺至少七百萬隻。每個家庭平均擁有一把以上，由此可見，今天台灣茶文化的發展盛況。

　　然而，研究、探討有關茶葉、茶壺，或茶文化的書刊、雜誌，則少之又少，簡直與之不成比例。

　　台灣光復以後，較早出刊的茶刊物，首推台灣區製茶工業同業公會的《茶業簡訊》，這份最早的茶雜誌，是8開報紙型以鋼板油印，分送給公會會員的對內刊物，正式創刊時間是

民國46年（1957年）4月，每期大約印四百份。到了民國51年（1962年）1月，才改為鉛字印刷。五年之後，由於刊載的內容逐漸豐富，名稱改為《茶訊》，但仍然是對內發行的刊物，直到民國73年（1984年）才向新聞局正式登記，公開發行迄今。

《茶訊》月刊，是台灣創刊較早，發行最久，對台灣茶業界影響較大的茶業方面的雜誌，只可惜發行量仍然有限，讀者只局限於製茶工廠或關心茶業的人士，市面上是看不到的。

1980年代以後，由於台灣茶藝文化的蓬勃發展，年輕的一代投入對傳統文化藝術的關心。民俗學家婁子匡教授首先發行《味茶小集》分寄給同好，以刊載茶文化方面的文字內容為主，總共發行了八期，即未再出刊。隨後於民國69年（1980年）12月，由天仁茗茶為主的陸羽茶藝股份有限公司以發揚我們的傳統茶藝為旨趣，徵求會員成立茶藝發展基金會出版《茶藝》月刊。每期發行量較大，是探討茶藝文化較早而有規模的一份刊物。與此差不多時間，「仙境茶藝館」也發行《仙境月刊》。

民國72年（1983年）3月，《中華茶藝》雜誌創刊，這份雜誌所刊載的內容涵蓋面較廣，發行量也大，最多時每期發行二萬多份，影響深遠。民國75年（1986年）9月，熱愛茶藝的

年輕人曾義益先生創辦了《青流茶藝》月刊，總計出版了19期，內容亦有可讀性。另外還有天仁茶藝文化基金會發行的《天仁茶訊》。

而書刊型的茶雜誌，則有民國73年（1984年）7月出刊的《茶與藝術》，隨後於民國76年（1987年）9月出刊的《壺中天地》、民國79年（1990年）10月創刊的《茶學》、民國81年（1992年）5月出版的《茶與壺》、民國82年（1993年）8月創刊的《紫玉金砂》、《天地方圓》等。

在這些前後投入茶藝文化行列的期刊雜誌中，認真從事且較有規模的茶雜誌，當數《茶與壺》及《紫玉金砂》兩家。《茶與壺》雜誌是標榜“全國唯一茶藝專業雜誌”。

《茶與壺》雜誌創刊迄今，已是五週年了，從未脫期且印刷精美，能夠有這些成果，堪稱不易，值得褒揚。《茶與壺》雜誌，自1992年5月到今天共發行了60期，就我感覺來說，這60期約可分為三個階段。

第一階段，從第1期到第36期，總編輯是黃敏紅小姐，第32期以後黃小姐升任企畫總監。這三年的雜誌內容，一直都維持在一定的水平上，尤其是第24期以前，幾乎期期的文章都頗有參考性和可讀性。每期的頁數也從170頁起逐漸增加，最

多時曾達到210頁。可以看出編輯的努力和認真，廣告量也就增加不少。創刊時，社長劉浩天的《我們種下一粒茶籽》，揭櫫了辦《茶與壺》的動機；乃是有感於台灣茶界面臨挑戰，茶業、茶壺界的訊息長久停留在口耳相傳的階段，趕不上時代的潮流，業界的互相交流也未普遍，希望辦《茶與壺》雜誌來讓茶藝文化在自己的土地上傳播無阻，還可以在外國揚眉吐氣。

經過將近三年的努力，理想與現實仍然有很大的差距，第31期總編輯在《夢想的版本》一文中，隱約地透露出辦這麼一份雜誌的辛苦，到了35期總編輯的一篇《堅持主張》，更感覺到了一種無奈！於是這本大家寄以厚望的雜誌，便從第37期起有了一些變化。

第二階段，從第37期到第54期。這短短一年半的18期《茶與壺》，內容搖擺不定，看不出主題在那裏？時而標榜「休閒的、智識的、藝術的」時而以「文化、藝術、生活」做為宗旨。創刊時總編輯所說的宗旨是「藝術生活化，生活藝術化」。而49期以後的連續幾期《茶與壺》竟好像變成政論性雜誌，出現黨同伐異的專題，事實上，近年來，台灣各種捏造事實，尖酸苛薄的批鬥刊物已經不少，讀者已厭惡極了，我們尋尋覓覓想追尋的是真正的靜心客，非常不希望《茶與壺》雜誌很難得建立起來的基礎，就此垮掉。

第三階段，第55期到59期。一股清明的朝氣再現，一副力挽狂瀾，調整步伐再出發的姿態擺出來了！我們很高興！但願這份"全國唯一茶藝專業雜誌"，能夠不忘五年前創刊時的"初發心"，經歷了苦澀的成長，漸漸邁向茁壯的階段，乃至於屹立不搖。辦雜誌是不容易的，尤其是辦茶藝專業雜誌，凡是學新聞傳播學的人都知道有這麼一個說法："要害一個人就叫他去辦雜誌"，由此可見辦雜誌的辛苦。《茶與壺》雜誌，已經發行了五年，且從來沒有脫期，誠屬難能可貴，要認識台灣的茶藝文化是如何？看看《茶與壺》雜誌的內容，當可瞭解狀況。

在《茶與壺》雜誌創刊五週年的時刻，我們的期盼與祝福，不是一味的歌功頌德、應酬式的說說好聽的話而已，而是以柔嫩的心情、平和的語氣，談一點我熟悉的台灣茶藝界的看法，及期盼於一本有關茶藝專業雜誌的心聲，同時希望廣大的讀者多給予《茶與壺》鼓勵和支持，以道以藝，勤耕茶與壺。衷心的祝賀，懇切的期盼。

原載《茶與壺》雜誌第60期1997

從鴻雁到天天旺

認識劉秋萍也有10年了！當時是上海茶葉學會秘書長劉啓貴先生安排到鴻雁餐廳吃飯，劉秋萍是劉秘書長舊識，為該餐廳的經理，彼此談論茶文化的種種，一見如故，正好，新民晚報刊載了我談茶文化的訪問新聞，話題更投機了。

當時我主要的話題是茶葉的應用將是越來越多元化，以茶入菜，自古有之，在今天開放的社會，人們追求新鮮的心理，要求口味的變化，茶菜的推廣將會得到社會廣泛的響應。

隔了幾個月，我又到了上海，劉秘書長說：劉秋萍已經推出茶菜，邀我去品嘗，吃了頗有味道。數年之后，我就聽說上海開了一家天天旺茶宴館，主持人叫劉秋萍，心裏想著有機會要去看看，直到1999年7月，為了定製千禧紀念壺，我從台灣到上海拜訪了許四海先生，劉秘書長到酒店來探望我，徵求我在上海的幾天裏有什麼安排，我說要去看看劉秋萍。

幾年不見，劉秋萍看起來沒有多大改變，彼此頗有話要道盡之感，在天天旺品茶、看茶藝表演、吃茶宴，侃侃而談茶文化，劉秋萍口若懸河，滔滔不絕，展現了她對茶文化的知識，我理解她對茶文化的抱負，希望將茶文化更落實在生活上，劉秋萍告訴我準備出版一本《中國茶宴》，我即送給她一

本《茶菜藝術》的書。

天天旺茶宴館所推出的茶菜，道道都有幽雅的文學名稱，並賦予它文化涵義，從實質上來說，每道菜的色香味和茶的特質搭配都很講究，吃一頓茶宴，不僅享受它的色香味，還享受了中國優美茶文化的底蘊，茶宴不但是飲食文化的一顆奇葩，也是中國茶文化燦爛的火把，在改革開放的浪潮中增添絢麗的色彩。

在《中國茶宴》大著出版前夕，有機會分享到茶宴所散發的溫馨，品嘗到真正茶人的彼此關懷和崇高的社會使命感而高興。劉秋萍要我為《中國茶宴》寫一篇序，有感於她的誠意和相識10年的交情，我是無法推辭的，對她在中國茶文化上的努力而有今天的成就應該給予肯定。

在此我願意推荐這本較完整的、有關茶菜的著作《中國茶宴》給所有的大眾，凡是想研究和已研究茶文化的學者應該參考此書，不是研究茶文化的廣大人民也可以家家備有一本《中國茶宴》，時而按照書中的解說，無師自通的做幾道色香味美的茶菜，在生活上增加新生的口味和一番情趣。

願《中國茶宴》帶給大家生活品味的提升，是為序。

註：劉秋萍著《中國茶宴》 上海同濟大學出版社2000年4月出版

《台灣茶文化論》自序

　　《台灣茶文化論》的出版，是一條漫長而艱辛的道路，從1982年發起組織中華民國茶藝協會到1992年，前後歷經十年之久，一生中最寶貴的階段，全心投注在茶文化的工作上，我不是茶業經營者，也沒擔任政府茶業部門的公職，非茶農子弟，亦非農學院的畢業生，所以支持我能長此以往的動力，是來自四方面的使命感：

一、視茶文化為人生哲學的一部分，希望能從茶藝活動中找　　到人類思想的最佳出路。

二、用救贖的心情結合社會工作來弘揚茶文化，期待提升人　　類的精神文明。

三、以宗教家入世的情懷，獻身茶文化的推廣，喚醒社會良　　心，完善人間的生活。

四、願從學術研究的立場，為建立茶文化的框架，努力不懈。

　　這本書的內容，主要包括幾個部份：

一、選輯發表在《中華茶藝雜誌》上的專論及發行人的話。

二、「茶與現代生活」專題演講的紀錄。

三、「茶藝研習班」學生的心得。

四、座談會的發言紀錄。

五、其他。

由於這本書長達十年的寫作內容，也許有些不妥當之處。不過，讀者如能細心看完全書，必然能夠一覽台灣現代茶文化的發展概況和台灣現代茶文化形成的基座；若能深入思考，更能帶來對人生的一些啓示，那將是我最高興的事。

在過去漫長的歲月中，最讓我悲痛，不能忘懷的，是父母親的先後過世，他們忍受數年的病痛和孤寂，而我未能好好照料他們，願從今以後，所有的成果先獻給親愛的父母親，以慰其在天之靈。

最後，願本書的出版，帶來源源不斷的茶文化書籍出爐，為建立完整而有系統的茶文化體系拋磚引玉。感謝所有關心我，鼓勵我的親朋友好。謝謝書法大師張炳煌先生為本書題字，謝謝桂冠詩人范光陵博士賜序，謝謝盧禕祺先生封面攝影，謝謝各位讀者先生、小姐的支持和指教。

於1992年母親節

《台灣茶業發展史》自序

去年（1991年）十月，台灣茶業界大老，也是台北市茶商業同業公會理事長李團居先生約我相談，他告訴我，希望茶商公會對茶業界做些有意義的事，探詢我的意見，李先生一向是我尊敬的茶業界長輩，我提議出版「台灣茶業發展史」的計畫，他即表示，請我撰寫大綱擬出來交給他送公會理、監事會討論。經過理、監事會討論通過後，正式委託我來撰寫這本書。

十年前我辭去外面的一切工作，決心為台灣撰寫茶業史，全心投入台灣茶文化的研究工作，乃是有感於以下幾個問題：

一、茶過去在台灣二百年的開發與繁榮上，具有不可磨滅的貢獻，對於台灣的進步和繁榮具有舉足輕重的影響力。但是，目前可供參考和研究的茶史資料，付諸闕如。

二、茶在日常生活裏，是人民倫理、道德教育的最好教材；飲茶的禮儀、規範和精神，是提高生活品質和精神文明的最好方法。但是，近年來，由於泛商業化的影響，飲茶的意義和禮數已不受重視而逐漸式微。

三、茶在傳統文化中扮演了很重要的角色，在復興中華優

美傳統文化的運動中，復興茶文化是一項重要課題。但是，目前提倡茶文化的聲浪中，過份強調了大區域的茶文化和現實狀況，對於台灣茶業的歷史和發展，很少有人在研究。

四、茶是範圍極其廣泛與融和力強大的行業，不僅需要保存傳統的優美內涵，更要運用現代化的方法和觀念來經營。但是，現代茶業界所表現出來的現象，是急功近利，缺乏對傳統的認識與瞭解。

這幾年來，台灣茶業歷經了翻天覆地的大變化，從以外銷為導向的產業，轉變為以內銷市場為依歸的生產方式。台灣茶業也從出口為主的經營理念變為以進口彌補市場不足的行銷設計，加上台灣海峽局勢的緩和，兩岸互動的情勢愈來愈密切，相互需求互補的情況，必然存在，大陸茶進入台灣市場將是無法阻擋的事實。

此時，正是台灣茶業的又一轉型期，也是最關鍵的時刻。我們必須把握歷史的契機，創造台灣茶業更輝煌的成果。「以史為鑑可以知興替」，我們需要一部完整的《台灣茶業發展史》，以為台灣茶業開創美好未來的指針。

撰寫《台灣茶業發展史》李理事長希望我於六月份完成，由於其他雜務繁多，又因資料收集不易，因而一拖再拖，未

能如期完成，心力的沉重壓力與日俱增，還好，李理事長不斷的鼓勵和寬容，他長者的風範讓我感動和尊敬。現在雖已脫稿，但是，無論從那一方面來看，這本《台灣茶業發展史》都還不夠完整，只是抱著「拋磚引玉」的期待和「先求有再求好」的原則推出來與大家見面。敬請茶業界的長輩、專家、學者，不吝指教。不當之處，也請包涵、原諒。

最後我要感謝台灣省茶業改良場徐英祥先生，他在研究工作的百忙中，提供台灣省茶業改良場的沿革資料、中央研究院林滿紅博士提供了她的論文著作，本書許多資料是引用陳小姐著作中的精闢見解、福建廈門大學台灣研究所所長陳孔立先生，他指點和提供了台灣商業史的資料。還有行政院農業委員會屈先澤技正、茶業改良場前場長邱再發博士、現任場長阮逸明博士、文山分場林義恒先生、台灣區製茶工業同業公會理事長黃正敏先生及茶訊月刊社、故宮博物院陳擎光小姐、中央研究院蕭璠博士等朋友先後給予指點和鼓勵，沒有這些朋友無私的提供資料和指點，我是沒有能力完成這本書。也謝謝姚雪娥女士的仔細校對。

再感謝李團居理事長，沒有他的督促和鼓勵，就沒有我積極的努力完成這本書。

范增平　1992年10月10日于台北

《喝杯好茶》自序

台灣很少人不喝茶；但是，很少人懂得喝茶，更何況說喝杯好茶！懂得喝好茶，才是懂得生活，有生活品味的人。

所謂喝好茶，不是買一斤幾千上萬的茶葉，搭配一把幾萬或十幾萬的茶壺，這樣才叫喝好茶。目前，因為缺乏正確的知識和引導，社會充滿虛榮、浮誇、沒有品味的表面喝茶現象，只有及時檢討、反省，扭轉過來，才是自由自在，諸法皆空。

喝好茶需要一定的物質條件，還要懂得科學的泡茶方式、哲學品味、藝術和美學涵養基礎。這些學問都不是很困難，只要接觸正確的知識，通過學習和自我學習的過程，就能夠喝杯好茶。

20多年來，從事弘揚優美傳統文化，推廣茶藝禮儀教育，著作出版不多，並非述而不作；而是，茶文化博大精深，在建構喝杯好茶的理論完成之前，不敢貿然成書，以免造成一束弄髒的紙。

感謝膳書房文化公司抱持「要出茶書就出最好的」的理念，從邀稿到交稿，前後延宕了一年多，也算是「慢工出細

活」吧！對於周本男老師協助核對資料，一併感謝！本書乃結合理論和實踐，全面為有心自我提升、品味生活的現代人所寫，但願本書的出版，帶給大家生活品味的提高，喝的茶杯杯是好茶。

1999年11月12日　2000年12月2日增加2字

《茶藝學》自序

二十多年來，動心忍性的追求，間關萬里的奔波，就是為了在莽莽紅塵中，開闢一條新的道路，一條既擁有理想又不失去現實的生活之路。

在芸芸眾生中，有些人勞碌終生，有些人卻竟日無聊，有多少人能過得既有意義又從容愉悦？那麼，會不會享受休閒，就是衡量生活品質的指標了。

休閒是生活中很重要的部分，而茶藝是一項很好的休閒活動，如何把茶藝融入生活，是《茶藝學》的研究重點。

從研究茶藝到建設《茶藝學》，其過程的艱辛是難以言說的，踽踽在漫漫孤寂的道路上，唯有不斷的自我鼓勵：「勇敢的向前生活，不斷的往回瞭解；雖然挑著重擔走上坡的路，也要堅持向前行去。」

1997年，全中國第一個經政府立案的合法「中華茶藝專業」在北京市「外事職高」組建完成，且茶藝師的工種資格考試也已基本完成，為了教學和各種需要，於是將二十年來的探索所得，編撰為《茶藝學》，在整理編寫的過程中，得到外事職高校長遲銘先生的鼓勵，周本男老師、鄭春英老師、李靖

老師、查娜小姐的諸多協助，尤其是中央研究院文哲所經學大師林慶彰教授的不吝指教，銘感在心。萬卷樓圖書有限公司的出版，在此一併致謝！

2000年4月19日　於北京中華茶藝園

《中華茶藝學》在大陸出版發行自序

十多年來，無數次的奔波於海峽兩岸，萬里間關的跋涉於廣袤河山，一路行來，嚐盡辛酸與艱苦，所以動心忍性，茹苦如飴，為的就是弘揚中華茶藝，藉此炎黃子孫的共同嗜好，來縮短兩岸人民心靈的距離。

茶是和平的飲品，是中國人的國飲，茶藝體現出中國人的生活文化。中國人從喫茶、喝茶、飲茶發展到品茶；從粗獷的、隨興的牛飲，發展到有規範、具禮儀形式的品飲，這一段漫長的藝術化路程，走了數千年，這樣的茶，它不僅是藝，也是道，並且形成了藝道的哲學。

近年來興起的茶藝，正逐漸的普及到廣大人民的家庭生活中，而呈現在社會的是雨後春筍般興起的茶藝館。1989年，本人首次提出「兩岸品茗，一味同心」，得到廣大的回響。而今，無論宜興砂壺或台灣瓷碗，已被普遍使用，或泡台灣烏龍、或沖西湖龍井，已是家家必備。兩岸人民本是文化同根，憂樂同源，苦甘共嚐的骨肉同胞，沒有理由別具居心。

目前，中華茶藝的發展已具雛型，全國第一所經政府批准的茶藝專業教育已在北京設立，茶藝班的學生應邀前往歐洲

交流表演，深受好評；在各級領導的關懷和重視下，茶藝行業已經政府正式認可；茶藝師的工種已經確定，認證考試也已建立完成，茶藝這個行業的發展是在規範的軌道上朝著正確而美好的方向前進。

在茶藝前進發展的過程中，需要有既專業又通俗的教科書，市面坊間雖然也陳列了不少有關茶藝或茶文化的書籍，然若非街譚巷議不實之言，即是郭公夏五疑信相參之文，負責認真著作者少。因此，乃將20多年來，探索所得編撰寫成《中華茶藝學》，希望藉本書的出版將茶藝發展成一套既有體系，又能深入淺出的《茶文化叢書系列》。

非常希望《中華茶藝學》的出版，能為茶藝的工作者，茶文化的研究者，想提高生活品質、享受休閒生活的人們提供參考和指引。

至於，本書能做為國家級正式茶藝師認證考試的主要參考書，本人除深感榮幸，更覺責任重大，將繼續努力，矢志完善茶藝體系的學術理論和實際操作的程序步驟。

本書撰寫過程中，得到北京市外事職高遲銘校長的諸多鼓勵，周本男老師、鄭春英老師、李靖老師、查娜小姐的辛勤協助，青年攝影家盧禕祺先生的協助拍照，經學大師、台灣

中央研究院中國文哲所林慶彰博士的指教，以及日本神戶大學文學博士、北京大學教授滕軍女士的惠賜序文，在此申致感謝。對全國各地的朋友、領導多年的支持與指教，深深銘感在心！台海出版社積極認真的出版，一並致謝。

2000年5月26日於台北 十万軒茶屋

《生活茶葉學》自序

　　回顧20多年前，開始研究茶的時候，最感困擾的是觀念、名詞的模糊不清，詢問老一輩的茶界人士，所得到的答案，言人人殊。當時，茶業界流傳著一句話，"文章、風水、茶，識者沒幾人"。因此，茶葉變成神話，帶著神祕不可知的色彩，茶業被稱為"烏面賊"、最"膨風"的行業。

　　　為此，我便發憤要把與茶葉相關的知識弄清楚，整理出易懂的頭緒來。於是，從1979年開始，只要看到有關茶方面的書籍，就買回來閱讀，1984年到日本時，因為行李超重，但為了帶回茶書，幾乎將行李內的衣物都丟棄。另外一件讓我記憶深刻的事，是在1981年時，我曾經請書店的一位營業員幫忙找尋書中出現「茶」字的書。幾天之後，她為我搜集了80餘本書名並不是茶的而書中有「茶」字的書，許多是有參考價值的；但是，也有部分是討論茶花的書籍，雖然茶花與茶葉是不同的植物，我還是依約，通通買下來。這樣還不能滿足我的需求，於是還到圖書館期刊室去查閱，凡是有關茶的文章都抄錄或影印下來。如此，累積了相當豐富的書籍和資料；然而，治絲益棼，重疊雷同的資料，相互矛盾的內容，錯誤偏頗的論點出現不少，讓人頭痛。

1989年9月，有機會在北京親近茶學導師陳椽教授，他嚴謹的治學態度，以科學的精神和方法研究茶學，給我很大的啓發。在過去的10年中，陳椽導師一再鼓勵和督促我從事茶學教育的理論建設工作，由於我曾經接受過邏輯學的訓練，所以能較清晰的理出一點頭緒來，逐漸地有較明確的研究方向。

　　無奈！生活上的瑣事冗雜不堪，心情上的沉重負擔，加上近年來身體狀況不大如前，寫作的進度不如想像的迅速，原先計畫在2000年3月赴安徽農業大學拜見陳椽教授，並獻上成果。奈何！1999年11月23日傳來陳教授病逝的惡耗，有如青天霹靂，傷痛之餘，原本預訂11月30日前往祭弔，又因重感冒發高燒，咳嗽不已，不能成行，遺憾之至！而今，完成出版《喝杯好茶》、《茶藝學》、《生活茶葉學》三本新書，首先湧上心頭的思緒，就是盡速將著作呈獻給陳椽教授，稟告陳教授在天之靈，我會繼續努力，按照教授的指示，寫出一套完整的茶學教育教材。

　　這套茶學教育教材將龐雜、籠統的茶學、茶文化，以「切割」的方式，從小處著手，一部分一部分的整理、歸納，一一羅列、條舉出來，再演繹、分析，以深入淺出的筆法，讓人人都看得懂，並應用在生活上。這也是研究寫作、出版茶

文化叢書的目的。

　這本書所以訂名為《生活茶葉學》，主要是有別於屬於農業的、工業的、商業的茶葉活動，希望因此找回人們與茶葉之間最單純、清新的本質來。所以，這本書也可以稱作《實用茶葉學》或《應用茶葉學》。

　在本書寫作出版過程中，周本男老師、查娜小姐的協助，行政院農業委員會茶業改良場茶作課張清寬課長、製茶課陳國任課長，以及張連發博士，還有天津二泉茶藝社的韓國慶、金暄茶藝館的孟宏偉，北京琢磨茶道的林曉凌、劉新華等，提供寶貴意見，在此一併致謝。並感謝旅居美國、加拿大40餘年之後，返回台灣定居的生活藝術家、國立成功大學藝術研究所所長、哲學博士范光棣教授，以及中國農業科學院茶葉研究所所長程啓坤教授為本書寫序。謝謝！

2000年3月12日於桃園十万軒

國家圖書館出版品預行編目

生活茶藝館 ／ 范增平著 . ——初版 . ——臺北市
：麥田出版：城邦文化發行，2001〔民90〕
面； 公分 . ——（生活新主張；3）

ISBN 957-469-733-8（平裝）

1. 茶道 - 中國 2.茶

974   90018403

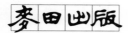

城邦文化事業(股)公司

100台北市信義路二段213號11樓

請沿虛線折下裝訂，謝謝！

- -

文學・歷史・人文・軍事・生活

編號：RD4003　書名：生活茶藝館

cité城邦 讀者回函卡

謝謝您購買我們出版的書。請將讀者回函卡填好寄回，我們將不定期寄上城邦集團最新的出版資訊。

姓名：＿＿＿＿＿＿＿＿＿＿＿電子信箱：＿＿＿＿＿＿＿＿＿＿＿＿＿

聯絡地址：□□□＿＿＿＿＿＿＿＿＿＿＿＿＿＿＿＿＿＿＿＿＿＿＿

＿＿＿＿＿＿＿＿＿＿＿＿＿＿＿＿＿＿＿＿＿＿＿＿＿＿＿＿＿＿＿

電話：（公）＿＿＿＿＿＿＿＿＿＿＿（宅）＿＿＿＿＿＿＿＿＿＿＿

身分證字號：＿＿＿＿＿＿＿＿＿＿＿（此即您的讀者編號）

生日：＿＿＿年＿＿＿月＿＿＿日　性別：□男　　□女

職業：　□軍警　　□公教　　□學生　　□傳播業　　□製造業　　□金融業
　　　　□資訊業 □銷售業 □其他

教育程度：□碩士及以上　　□大學　　□專科　　□高中　　□國中及以下

購買方式：□書店　　□郵購　　□其他＿＿＿＿＿＿＿＿＿＿＿＿＿

喜歡閱讀的種類：＿＿＿＿＿＿＿＿＿＿＿＿＿＿＿＿＿

□文學　　□商業　　□軍事　　□歷史　　□旅遊　　□藝術　　□科學　　□推理

□傳記□生活、勵志　　□教育、心理　　□其他＿＿＿＿＿＿＿

您從何處得知本書的消息？（可複選）

□書店　　□報章雜誌　　□廣播　　□電視　　□書訊　　□親友　　□其他

本書優點：（可複選）□內容符合期待　　□文筆流暢　　□具實用性
　　　　　　　　　　□版面、圖片、字體安排適當　　□其他

本書缺點：（可複選）□內容不符合期待　　□文筆欠佳　　□內容保守
　　　　　　　　　　□版面、圖片、字體安排不易閱讀 □價格偏高　　□其他

您對我們的建議：＿＿＿＿＿＿＿＿＿＿＿＿＿＿＿＿＿＿＿＿＿

＿＿＿＿＿＿＿＿＿＿＿＿＿＿＿＿＿＿＿＿＿＿＿＿＿＿＿＿＿＿＿

＿＿＿＿＿＿＿＿＿＿＿＿＿＿＿＿＿＿＿＿＿＿＿＿＿＿＿＿＿＿＿

＿＿＿＿＿＿＿＿＿＿＿＿＿＿＿＿＿＿＿＿＿＿＿＿＿＿＿＿＿＿＿

＿＿＿＿＿＿＿＿＿＿＿＿＿＿＿＿＿＿＿＿＿＿＿＿＿＿＿＿＿＿＿